刘鹏德 著

归来

漓江出版社

图书在版编目（CIP）数据

归来 / 刘鹏德著. — 桂林：漓江出版社，2024.11.
— ISBN 978-7-5801-0102-0

Ⅰ. I267

中国国家版本馆 CIP 数据核字第 20247TW343 号

归来 Guilai

作　　者：刘鹏德

出 版 人：梁　志
责任编辑：王　坤
特约编辑：长　岛
封面设计：马海云
责任监印：张　璐

出版发行：漓江出版社有限公司
社　　址：广西桂林市南环路 22 号
邮　　编：541002
发行电话：010-85891290　0773-2582200
邮购热线：0773-2582200
网　　址：www. lijiangbooks.com
微信公众号：lijiangpress

印　　制：苏州市越洋印刷有限公司
（江苏省苏州市越溪街道南官渡路 20 号　　邮政编码：215104）
开　　本：787 mm×1092 mm　1/16
印　　张：13
字　　数：165 千字
版　　次：2024 年 11 月第 1 版
印　　次：2024 年 11 月第 1 次印刷
书　　号：ISBN 978-7-5801-0102-0
定　　价：48.00 元

打开那扇窗

——有感于三位胞弟的新书问世

刘鹏春[1]

打开三位兄弟的新书——鹏凯的新版《心力管理》、鹏旋的《黄桥镇民》、鹏德的《归来》，我听到了风铃的叮叮当当，听到了迎面翠鸟的歌唱。我打开的是一扇窗。

一扇临河的窗。那是二十多年前，花园桥下我家两间陋屋的窗。打开的机会不多，但我们总是能聆听河边的声音，船工和码头工人的号子，邻家女孩的捶衣声，卖糖人的担子敲响的声声小锣……我看见了母亲在窗口把她的“枕头档子”挂成了窗花，内心的愿景写成了门上的春联：满河春潮，一路阳光。

一扇临街的窗。那是我们童年住过的罗家巷。父母开的瓷器店很不景气，有些悲凉。父亲的梦想精心漆成“发达瓷号”的店招。老刘家的“发达”，有些迷茫，有些渺茫。突然觉得，那扇尘封在记忆里的窗打开了。我的父亲，那个名叫刘炽新的宜兴人，缺少营养的脸上浮现

---

① （本序作者系国家一级编剧，两届曹禺戏剧文学奖获得者，退休前任江苏省文化厅剧目工作室主任。）

出一种感动的光……

是的，半个多世纪，一个家庭打开了“发达”之窗。不是父母亲原先的狭隘定义，是精神财富的开发，心智的抵达。

大画家黄永玉有一个故事。风雨如晦的日子，他每天挨斗受批。夫妻二人被赶进阴暗的没有窗户的小屋，不久妻子张梅溪又生病了。黄永玉为了安慰夫人在屋里画了一扇窗，窗外是繁茂花草，是阳光灿烂……

阴暗的日子，需要给自己画一扇窗户：面朝大海，春暖花开。

十七岁那年，我给自己画过这样的窗户。那时，我在泰州中学上高中，因为偏科留了一级。这很不光彩，心里阴云郁积。然而，生命的激情依然澎湃。那时作文命题已经“火药味”很浓，周记却可以自由命题。我写了一篇抒情散文《窗》。假设我是上海黄浦江外滩高楼大厦里的主人，清晨打开窗户，看到黄浦江上的百舸争流，继而想到了当年的帝国主义炮舰的横冲直撞，想到了王孝和的铁窗烈火，韩英在牢房窗前的高歌寄情，“让普天下劳动人民都解放……”语文老师李传椿是高中语文教研组组长，学问了得。他没有一个字的批语，打了80分。第二天，隔壁高二（1）班的同学告诉我：“今天整整一堂课，李先生专门讲了你的《窗》，好生夸了一通。”

现在想来，那时我没有去过上海。所观世界，大抵在泰兴附近的五里墩、十里甸。但少年梦里想象的翅膀总是在不安分地扑腾着。想象阳光，想象未来，希望之窗敞开；那想象中的外滩，外滩的风，风中的帆影，已经魔幻在自己的心灵深处。

真正贴近这样的窗口，是在20世纪70年代初，我在崇明岛当兵。表兄何永翔在位于外滩的上海进出口贸易公司，设计外销地毯。那是个阴天，我去看望他。正是心情糟糕的阶段，凭窗远眺，窗外的一切都显得模糊，且了无生趣。

许多年以后，女儿的导演朋友邀我们一家去外滩某大楼的楼顶酒家，参加作品完工的庆功会。浦江金碧辉煌，两岸五光十色。还不会说话的外孙龙果躺在摇篮车里，用笑容和我们对视，用满是好奇的眼神追逐着江天的霓虹……紫云一般的光雾让我产生了幻觉：这就是当年笔下的“窗”么？

我似乎扯远了，其实没有离题。从少年时代，生命就应该有一扇窗，用丰富的想象，构筑人生的蓝图，在暗黑的长路上，会看到星光、明月，而你就是追寻明月的彩云，那明月会灿烂成一句诗：“明月装饰了你的窗子。”

当我打开这扇窗户时，三个弟弟看到了。努力吧。一个家庭应该打开窗户，窗户外有春风秋月，也有春华秋实。

打开窗户，三个弟弟都在思考，在那片人生的风景中，自己应该有怎样的翠色华光。最初跃跃欲试的是鹏凯。当年他刚刚进入黄桥机械厂，当上了车工。我建议他走前辈倪志福的道路，努力投入技术革新，创造经验，写成文章。他成功了。在全中国几乎没有文学刊物的年代，他在一本薄薄的三十二开本《机械工人》杂志上，开始了他的文字展示。他的生命之窗前，金属加工的火花，绚烂成一簇簇迎春花。多年以后，他又以《心力管理》理论与实践，让他的“黑松林”郁郁葱葱为企业文化的绿洲。

其次打开窗户的是鹏德。那时他还在黄桥镇郊的果园场插队，便开始了演唱作品的写作。后来，回城进了供销社，县文化馆给了他学习进步的机会。只是在写作和经商两者之间，商人关注了“门泊东吴万里船”的热闹，忽视了文化积累需要“窗含西岭千秋雪”的冷静。这本书，不妨看作是他对昔日选择的忏悔和文化心灵的回归！

鹏旋开窗最迟。但是不开则已，初启便是满园春色，让人惊艳。也许，在外人看来，鹏旋从政便是一个家庭的“风光”。实则从政只是一种职业选择，真正的人生风景是文化的底色。有意思的是，为官从政的经历，让鹏旋更多更深地了解到人性的复杂，人生的艰难，人格节操坚守之不易。退休之后，他看清了自己的文化目标。为官阅历给他提供了丰富的素材，鲜活的人物。他的作品，既散发着泥土的清香，又焕发着心灵的光芒，不仅为文坛肯定，也深受百姓喜欢。

一本书就是一扇窗。打开的当然不仅仅是一个家庭的临街的窗，打开的更是古镇黄桥在历史长河的春岸上的“临河的窗”。

鹏旋的窗外，历史的风景重重叠叠。老店古街，小桥人家。百年小镇的风云变幻，千户万户的悲欢离合，秋去春来，波逝浪奔；几多拍案惊奇，更多命运使然。他的作品，让黄桥属于普通百姓的历史档案在沉睡中翻身醒来，拍拍掸掸历史灰尘，在未曾完全冷却的灰烬中爆出些火星，照亮岁月的天空。

他以前的《家住黄桥》《众生的黄桥》等书，已经让我们领教了他的文字的特色和魅力。这本《黄桥镇民》则让人感受到他对“命运的群像”的一往情深。其中的大多数人物，我都有印象，有的更是熟悉的街坊邻居。相比以前的写作，这本书里的各色人等，更具有一种接近于原生态的质朴和归真。我曾目睹姜宝生医生，在落难岁月被挂牌子，站在工农兵医院门前的窘迫无奈；我也曾以朋友的身份，津津有味地看居委会主任何大炮粗嗓大门，解开居民心结；那位老兵张歌林曾经是我三十年前写作计划中的重点人物，他的事迹早已成为小镇传说。而文化站长曹瑞龙先生，是我当年走进文艺天地的最早领路人。因为欣赏我的少年才情，他给我可以借阅任何一本书的资格。有一年暑假期间，他请假出远门，便把图书阅览室的钥匙交给我。我在文化站“厮混”的日子里，听他和文友聊天，有幸了解到当时的各类文化信息，学到了不少创作常识，从而在20世纪60年代的动荡岁月里，便能开始快板、三句半、对口剧的写作尝试，还能在黄桥的街巷里写字画画，从而拥有了生命记忆中的“峥嵘岁月”……鹏旋的文章，让我对曹先生的人生历史有了全面了解。（借此机会，赘述几句，以表达对故人的感恩和致谢！）应该说，鹏旋《黄桥镇民》的写作，更坚定了我对他为街坊邻居用文字建立人生档案馆的认同和赞赏。这是一种功德无量的“历史长河”里的“精神打捞”。打开这本书，一个名镇古镇的生命气象，就能让人闻到烟火气，触摸到温度，感染到强大的生命力！

鹏凯的窗外，今天的风景亮亮堂堂。一个与时代同行的古镇，脚步铿锵，风姿矫健。他笔下不只是古镇的高楼大厦、新桥长街，更通过自己的工厂，管理中的许多微妙的情节，许多耐人寻思的故事，展现出黄桥人的心灵面貌。他们依然有着当年支援新四军的那股劲儿，更多了内心活力的新的汇聚和喷涌。鹏凯的企业不算很大，但他对当代经营管理经验的探索，对时代各类信息的融汇，都已证实了古镇的生命潜力和蓬勃朝气，以及他对未来的十足信心。他的心力管理的著述颇多。去年12月，机械工业出版社的新版《心力管理》，推广语是这样写的：“心力管理，解锁管理的魂与灵。被清华大学中国工商管理案例库和哈佛商学院案例库收录。这是世界对黄桥智商情商的收录。黄桥，除了黄桥烧饼炉里热火犹炽，更有创造激情的心火正红！”

除了痴迷企业文化专著，鹏凯对散文写作一往情深。他的散文从不肯离开他的“黑松林”视角、他的经营管理视角。他的文章总似湿漉漉的一块海绵，浸透了智慧的甘泉……这两种文体，有时让人觉得文不够文，武不够武；然而两者一拥抱，便变成了文武的相得益彰。正因此，他的这种思维和写作便成了另一种风景：上得厅堂，入得厂房，进得大学课堂，获得社科奖项。

鹏德的写作，更多是他个人的风景。一半是他对成功者的赞赏，一半是他对自己的忏悔；他在经商和习文之间的选择，在成功和失败之间的挣扎。与几位哥哥的著作相比，他的《归来》显得粗糙和单薄了。他写成功者的文章，通讯的味道很重，文学品质欠缺了些。写酒友茶客，虽能绘声绘色，对人物的深度开掘还有待努力。不过，这种写作状态和人生状态，倒是真实地展现了我这位小弟的现实境遇。让人高兴的是，他没有放弃对写作的追求，他仍然向往着让生命拥有更多文化的气息和文明的温度。有光在周围润泽，相信他未来的文字会更生动，更真诚，更精彩。

三本新书三扇窗，展示的是老刘家的“发达”风景，是文化的青绿山水。文化滋养了我们兄弟，文化成了一个家族的生命底色。写作码字，亲近文学艺术，总被我的父母视为“不耐饥寒的行当”。我父亲在我初中毕业后，就希望我能够考上南京电力学校，并为此咨询过我的班主任华国昌先生。今天，我可以这样告诉我的乡亲们，打开窗户，让书香墨香穿堂入室，你的屋檐下便会有热气的升腾，有花香的飘溢，会有一个叫作“出息”的美丽精灵守望你的未来岁月。

让我感到温暖的是这三本书从某种意义上说，打开的是古镇黄桥的文明之窗。一座文明桥让我等黄桥市民骄傲了许多代。穿过文明桥，时间老人还能看到多少风景，那就打开家家户户的窗户吧，把千家万户值得言说的收获，挂成新华书店腊月里的年画，摆成图书架上的琳琅满目。“君自故乡来，应知故乡事。来日绮窗前，寒梅著花未？”告诉朋友吧，不但寒梅著花了，寒梅一枝春，百花正烂漫！

打开窗户吧，把你的风景展示给世界的同时，也好看看外面的风景。你会看到梅花，还能看到窗前月，“寻常一样窗前月，才有梅花便不同”；你会看到“窗户湿青红”，那是苏东坡的诗意青红；你会“复见窗户明”，那是白居易的夜雪莹光；而岁月看到你“半窗花影独吟中”，你会看到西窗下“风摇翠竹，疑是故人来”。谁来了？我们期盼的好运、美梦和幸福之神！

2024 年 4 月 25 日　墨尔本

目　录

contents

言父言商总关情

旋哥的话，我一向言听计从。

旋哥要我写篇忆母文，触发了我的文思笔意，于是才有了《一篇文章四个儿》。见报后，三位作家哥哥以燃情的姿态嘱我以后多写点文章。旋哥又郑重其事点拨我，该写一写父亲。其实我心知肚明，动笔行文，只能勉为其难。

从某种意义上说，抱团的刘氏四兄弟，知父从商，当数我知之甚多。我本人子承父业，亦步亦趋，成为春哥调侃的“文人面前的商人，商人面前的文人”。

1979 年 8 月，我幸运地以知青身份顶替父亲，来了个人生蜕变，站到了一个全新的起点。父亲供销社的岗位，我既顶替角色又担当职责。接手工作后，父亲绽放笑容，一反寡言的常态，似乎无处不在地与我絮絮叨叨。

父亲对我讲，他十四岁那年，只身背井离乡，从宜兴投靠到黄桥的舅舅家。舅舅开一家杂货铺。“那天第一顿饭，是平生没有吃过的大馄饨，厚厚的面皮子，包裹着菠菜馅儿，恰巧菠菜是我的最爱。于是我闷头美滋滋地饱餐一顿。刚放下筷子，舅舅慈祥的目光看着我轻声问道：‘你可知道吃了多少只馄饨？’我愣住了，只是傻眼看着舅舅。

舅舅温和地告诉我：‘凡是进门学徒，第一顿饭不是吃馄饨，就是吃汤圆之类的。要知道数着吃的饭，一般都是老板有意而为之。粗心大意者，不想那么回事，细心留意者，自然心中有数。’寥寥数语，让我感触良多。此后，见眼生勤，用心做事，每天把店堂内外扫擦得干干净净。打算盘记账，舅舅手把手教诀窍，不出一个月，算盘打得顺溜溜的，记账记得一清二楚。外甥不离舅家门，学生意做事倒像极了自己的舅舅。十七岁那年，那天，舅舅家满屋子鱼肉飘香，面对一桌丰盛的美味，却不见来什么样的客人。桌上，舅舅开门见山说：‘外甥今天你满师啦，将来会有大好前程。’这时我才恍然大悟。舅舅精明，总是礼仪礼节礼数面面俱到，做人做事说在人前，做在人前。与其说是满师酒，不如说外甥要离舅家的门。舅舅话不点明，已然指明了谋生谋事的方向。”

父亲回到衣胞地宜兴，有了靠山吃山靠水吃水的念想。跑单帮，往返于苏南和苏北，一心一意做瓷器生意。那几年，父亲才情偕才气，一副江南儒商派头，生意做得顺风顺水。不经意间，父亲又把生意做到黄桥。无巧不成书，经友人牵线搭桥，于情缘中寻觅到终身姻缘。定居后，父母亲唱起“二人转”，开了一家“发达瓷号”店。

父亲富有生意头脑，尤其擅长陶器和瓷器的经营。生于陶都的父亲，心灵手巧，修补陶器，凭借娴熟的技艺，不管状况哪般，或钻眼、或夹板、或陶泥、或涂釉，经过一番捣鼓，如同修复文物，无不还原其本来面目。修补瓷器同样有绝活，精雕细琢，修复如初，谁也看不出破绽。那些年，街坊邻居暗地里称赞，刘先生是有才有貌的手艺人，这成为众人茶余饭后的美谈。

父亲有着轮廓分明的清秀脸庞，匀称修长的身姿，喜着标志性的灰色中山装，谈吐儒雅，透出一股书卷气，举手投足是江南人的气质。

父亲人品口碑极佳，加之有一技之长，于1956年得以进入黄桥供销社工作。

父亲的第一个岗位，是中盐仓库的保管员。初来乍到，他便寻思着仓库里外怎么没有标识。熟悉工作环境后，几十间分类存放商品的仓库，父亲了然于心。那时父亲一手童子功毛笔字不为人知，机灵的他不动声色，悄然一笔一画，用楷书、仿宋美术字，从里到外，写上仓库品名和对外名称。整个仓库，到处可见父亲的墨迹。从此，“供销社有个刘先生”的美名不胫而走。

20世纪60年代，父亲主管的日用杂品仓库，坐落黄桥鹰杨巷深处，原址系王家老宅大院。院门朝东，东西五米宽的通道足有百米长，路南依次三排六间七架梁瓦房，路北朝南新建九架梁瓦房十间。仓库大院西南处设六间九架梁棉花加工间，车间装备四台轧花机，生产流程为压缩皮棉经机械滚筒碾轧出卷花。工人如操作不慎极易发生工伤事故，机械传动又极易发生火灾，为确保安全生产无事故，父亲动足脑筋做足安全文章。书写防火警示标语，放大醒目防火标志，备齐太平水缸和黄沙池，配全消防器材，每年定期操练灭火器，更换灭火器药粉和药水，定期召开安全例会，防患未然，面面俱到。凭着严谨、细致、周密、务实的工作作风，创下二十年安全生产无事故的纪录，成为省市供销系统的先进典型。荣誉的背后，是坚持不懈的努力和付出。

想当年，我未曾料到，平时不善言辞的父亲，以师带徒讲得头头是道。从商的第一课“珠算”，父亲讲：口诀是打算盘的基础，背熟口诀才能打好算盘。那几天，耳畔是父亲的口诀指令，我的指头随令而动，潜移默化中居然轻而易举地打得噼里啪啦响，我心中窃喜。谁信？记不住口诀还能打算盘。其奥妙算得上基因传承。

计划经济年代，日用杂品即锅、碗、纸、席几大类，这些商品都是千家万户的必需品。铁锅的保管堆放，关键要防潮防锈。瓷器属易碎品，大小饭碗分类码放，要熟知产地、品名、规格，熟练捆扎各类碗盘。纸张类，土纸、白纸、色纸、宣纸、文书纸、卫生纸，须知产地、包装率，熟练捻纸数纸的技巧。草席又称棉席，好多清贫人家，一床草席四季用，保管存放，切忌受潮霉变，仓储条件要干燥通风防潮。贵重物品茶叶干果类，防潮防串味要求极高，必须专仓存放，控制好温湿度，确保不变味不变质。父亲一次又一次面授商品业务知识，使我既感动又心动，内心涌动的学习劲头前所未有。那段时光我沉下心来，用扎实的功夫修炼出一个崭新的自我。敬业爱岗，步着父亲踏出的脚印，不走样，不出格，不逾规，着实是父亲亲力亲为锻造的接班人。

那些年，我心灵深处烙下了许许多多父亲的印迹。父亲从商的经验之谈和经商之道，尚能一脉相承，化为己有。大凡父亲能做到的，作为亦儿亦徒的后辈，亦能有模有样且一样不落地做到位。可以自嘲地大言不惭，虽说不上青出于蓝而胜于蓝，但可比肩不相上下。我深知，父爱无疆，父亲是我人生的标杆。破解传承父亲的，基因密码是一颗没有变异的种子。人生之路，曾经开过花，曾经结过果，曾经拥有过。“天行健，君子以自强不息。”如今乐此不疲，一副货郎担还乐悠悠挑着。内心言父言商，自个儿较劲，愿将从商走到底，不负父亲总关情。

母爱深处皆文章

2021年5月2日，这一天是表哥何春苏九十华诞。午时寿宴尚未开席，旋哥告之："今年中秋前，兄弟四人都来写一写远去的母亲。"又直言："鹏德，你也有了点文字功底，这一次要沉下心来写母亲。"我当即应承："一定，一定遵命。"

这一天，席间气氛浓烈，我却无心于美味佳肴，一脸心不在焉的表情，婉拒着一轮又一轮的美酒美意。一颗游走的心，满脑子想的是母亲博大的爱。

多少年来，母亲善待表哥，把"用心良苦"四字诠释到极致。表哥多次动情细说："我上南京求学，是小姑姑送新棉袄，配新书包。我有了小家，有了烦恼，都是小姑姑处处关照，她对我恩重如山。"表哥做了小学语文老师，奋发有为，终于成了语文名师。母亲教子有方，把表哥立为我们的人生标杆，树为我们的学习楷模，从小千教诲万叮嘱，希望我们以表哥为榜样。果不其然，春哥带了好头，成长为一级编剧，兄弟抱团，作家一个又一个。

春哥七十岁那年，旋哥奉上一篇《春天的华诞》，字字句句，点点滴滴，凝聚着母亲对春哥的至爱。春哥四季衣服得体，都是一副光鲜照人的书生相；一日三餐，惯常多吃多占。自从春哥考取泰兴中学，母亲的面庞有了自豪的神态，内心生出看得见摸得着的希望。母亲常念叨：“第一把刀要磨得雪亮飞快。”春哥是母亲教化四个儿子的第一篇章，希望“第一把刀”成为领头雁，成为可以效仿可以复制的楷模。

记得春哥高一那年，带回家的成绩报告单上，唯有语文成绩优异，数理化及其他几门学科，分数上清一色红笔。母亲又气又急，长吁短叹，彻夜难眠。春哥从小没有挨过打，就连拎耳朵的教训都轮不到他。那一次，情况不同了。母亲将熟睡的春哥一把拉起，拿出前所未有的大丈夫气，操起小板凳狠狠地砸在他屁股上。母亲一边打一边训斥：“不争气的东西，第一把刀磨钝了怎么了得？怎么让三个弟弟有样学样？”最终，春哥于省重点高中完成学业。母亲以铁匠般的匠心打磨刘家的“第一把刀”。

高中毕业，春哥戎装四年半，军旅生涯，一百九十六封家书，汇聚母爱的力量，给了春哥奋发的动力。春风得意时春哥始终不忘母训，笔耕不辍，发表了不少诗歌和小说。然而一个莫须有的疑点，却无情地中断了春哥的似锦前程。面对突如其来的变故，母亲大智若愚，没有埋怨，也没有轻言责怪。母亲拿出女中豪杰的气势对春哥大声说：“走自己的路，写自己的文章，吃自己的饭，留得青山在，不愁没柴烧。”母亲话中的哲理，是何等豁达和睿智；母亲内心的强大，又是何等了不起。

机遇总是留给有准备的人。故里一家火红的电机厂，厂长慧眼相中春哥的才气，在厂里宣传队春哥有了用武之地。这段时间春哥的文艺创作收获颇丰。母亲高兴之余，耳畔听到点风言风语，直截了当问：“春儿，你在谈对象？”春哥坚称：“普通朋友。”母亲大发雷霆：“一个临时工，自己都养不活，有什么资格谈对象？”说着拿起捶衣棒，“不管你真假,老娘就是要棒打鸳鸯”。母子俩会心一笑,醉翁之意不在酒。春哥心领神会，大彻大悟。

母亲笑道:“你的姻缘，命中注定不在黄桥。”春哥的人生被母亲言中了:事业卓有建树，爱情美满幸福。

至于凯哥，是母亲挂在嘴上的“二犟头”，时不时听到母亲嘀咕:“真是个二犟头。”母亲看人就是准,凯哥行事风风火火,个性棱角分明。他年少轻狂，我行我素，不但会捉蟋蟀，还能横渡长江。凯哥身上的那点霸道或霸气，骨子里颇像母亲，那就是永不服输、永不言败的精气神。

“文革”时期，凯哥围着春哥转，帮衬着填写“三忠于”美术字，笔画勾勒得有模样,背地里,自个儿临摹木刻画。母亲看到,心中窃喜,于是带凯哥到南京艺术学院毕业的表哥家，郑重拜师。一来二去，凯哥从艺的念想愈发浓烈，母亲因势利导，把凯哥的犟劲引向文道，也使凯哥少了些野性。

母亲的杂货摊，主打绣花枕顶生意。每次进货都要雇二轮车夫到靖江，盘缠多，效率低。于是，母亲一面鼓励凯哥学艺，一面带领他涉及商道,适时将进货这副重担交到凯哥肩上。他不辱母命,干得出色。

母亲做足了春哥从戎从文和成家的大文章，一声轻言:“第一把刀撂手了。”可心中又在构思凯哥的婚事。心里想着，这几年凯儿辛苦，必须想法给他买块表。母亲想到的没有做不到的。上海人叶师傅与凯哥同在一个厂，师徒情深。母亲以托词买不到手表为由——即使有关系买到家境也不许可，恳请叶师傅转让手表，还美其名曰:“有个表佩戴，找对象好找点。”叶师傅开怀大笑，当即低价转让。凯哥有了显摆，又有了初恋。母亲高兴之余见了真容，又去访亲，怎奈不是“古色古香”的人，予以否决。凯哥顺从母意，只得作罢。不久，凯哥有了意中人，那人便是贤惠的佩嫂。凯哥成家立业，事业顺达。旋哥书中表述：一定是母亲遗传给“二犟头”的生命密码，赋予他强大的心力，才有了凯哥的《心力管理》。

旋哥是我的三哥。母亲善待旋哥，往往是静态的，不动声色，是一种藏而不露的厚爱。母亲常说：“旋儿是菩萨人，是他爸的真种。”旋哥的特质，老实厚道，极像父亲。母亲摆摊营生的岁月，值钱的商品交由旋哥保管，那木制的钱盒子和一串钥匙，总是交到旋哥的手中。家里日常购买油盐酱醋茶之类的事情，不管大小全由旋哥打理。每次购物回来，旋哥轻轻一声:“妈，找的钱。”母亲接手，从未过目细数，随手或放钱盒子，或放衣兜里。润物无声，看似无意，实则有心。不知不觉间，母亲让旋哥成长为细致认真的保管员、小会计。我心中的旋哥，步履手势，谈吐举止，活脱脱父亲的模样。当初，母亲用别样的眼光，没有嫌贫而嫁给父亲，这种深沉的爱，在旋哥身上得到延续。

有例为证，20 世纪 70 年代初招工，凯哥和旋哥，谁进地方国营电机厂，谁进镇办机械厂，面临两难抉择。母亲认定，凯哥独立性强，学艺干事有股犟劲，与人共事不会吃亏。旋哥是典型的老实人，不能应了老实人吃亏的陈话。母亲定夺，让旋哥进国营厂。旋哥进厂干了两年冲床工，受到上上下下好评。那年冲床车间发生工伤事故，操作工被铡掉四根手指。母亲沉不住气了，深思熟虑之后，动用了铁姐妹的关系找到厂长。母亲从容淡定笑问：“厂长，旋儿这两年表现咋样？工作上可有上进心？”厂长应道:“像他父亲，表现不错。”母亲顺势进言:“旋儿老实本分，经得起锻炼考验，能不能调换岗位，像他父亲那样干记账打算盘的工作？”厂长十分含蓄：“以后再说。”时隔不久，厂部物色仓库保管员人选，车间主任闻讯后，力荐工作踏实、人品老实的旋哥。旋哥有幸承担母亲潜台词里的保管员工作。好事接踵而来，其后，旋哥调厂部做共青团工作，又调至团县委工作。从此，旋哥一路如踏锦，一次又一次优雅转身。父母官任上，不负母爱，留下不错的口碑。为人为官，正直敬业，不负众望。旋哥的出彩人生，有母亲有意而为之的神奇铺垫，更有母爱植根于心的无穷力量。

内心强大的母亲，总是对我们兄弟四人说："你们都是我身上掉下来的肉，手心手背都是肉。"我对母亲除了敬畏，还比三个哥哥多了一份刻骨铭心的感恩。我两岁那年，父亲与蔡姓好友小聚，那叔膝下无子，恳切让我过继蔡家，父亲带着酒意一口答应。当晚，母亲与父亲大吵大闹一场，母亲嚷着："我身上掉下来的肉，是刘家的种，我出去讨饭也要把他们养大成人。"长大了我才知道，那是母亲今生与父亲唯一的吵架。我真是一个幸运儿。

因我从小嘴甜，不怕见生人，母亲把我当作金拐杖，不管到哪儿都带着我。我六岁那年，母亲带我出远门到合肥。一路乘汽车，登客船，坐火车，见识了城市的高楼大厦。记得在火车上，我清亮的嗓子，一会儿叫叔叔，一会儿叫阿姨，因讨人喜欢，吃到从小没吃到的糖果和饼干。还记得上轮船码头，是解放军叔叔抱着我上轮船的。长大后，每到一处城市，都有似曾相识的感觉。母亲曾说："聪明来自见多识广。"母亲为我打开眼界，是一种寄予厚望的栽培。

母亲待人接物，我伴其左右，耳濡目染，有着极高的相似度。从小到大，母亲没有骂过我打过我。我即将成家时，母亲给我一次教训，很严厉，动真格。那年婚期临近，母亲劝我节俭办事，不要图什么虚荣。我不以为然，觉得兄弟四人我最小，理应办得风光一点，于是出言不逊："我的事，不要你问。"母亲大怒："要死的，我没有你这个畜生！"随手操起一把菜刀砍在我右臂上，当即血肉模糊。我傻了眼，满以为老人家只是吓唬人，怎想到母亲如此严厉。我的泪水夺眶而出。那一刻，我知道，我大错特错了，我伤了母亲几十年疼爱我的心，母亲才会对“逆子”执刀惩戒。血的教训，更让我体味到母亲对我特殊的爱。

想当年，知青岁月，母亲使唤春哥，让他给我寄军装，春哥在信中告诫：“不要用美丽的羽毛装饰自己，要用丰富的知识充实自己。”梦醒时分，我学会了阅读。春哥是偶像，我找到了方向。

最使我难忘的是母亲对我的牵挂。病入膏肓，老人家嘱托旋哥：“德德，我放不下心的就是他。他呀，茶壶打掉落得个嘴儿。你要多照应他，我才放心。”唉，弥留之际，母亲还不忘把一腔牵挂传到最信得过的旋哥身上。母亲的嘱托，着实让旋哥费心多多。

当初，我的事业稍有成就之时，母亲敏感地察觉到，我做人做事多了些浮躁，少了些稳健。时常毫不留情抛出一句不中听的：“酒肉朋友朝朝有，患难之中无一人。”怎么也没想到，母亲的预见竟一语中的。那几年，因自身人为因素，接二连三遭遇一个又一个挫折。近乎绝望时，旋哥亲力亲为，破解看似不可逆转的困境，力挽我一败涂地的颓势，多次施以援手，让我绝境重生。概言之，旋哥乐此不疲，面面俱到，做得很到位。为此，我出自肺腑对旋哥道一声：“恩重如山。”而旋哥笑答：“德弟言重了。”

往事依依，如若没有家风传承，没有殷殷重托，没有细节响声，没有旋哥给力，难以想见，我人生的诗、音、画背景上，怎会有旋哥笔下的《归来》。

心　路

古镇黄桥，1950年农历腊月初四，漫天瑞雪纷飞，珠巷深处，一声啼哭，孱弱的李明福降生了。

家境清寒的明福出身铜匠世家，儿时生得尖嘴长脸，骨瘦如柴，在家人、街坊邻居眼中着实看不出一点聪明机灵之气，着实是平常得再平常不过的一个男娃娃。少小明福，木讷寡言，性格内向，一直生活在孤僻中。

峰回路转，恍如天赐机缘。那年，明福十三岁，生性胆怯的他独自在公园溜达。凝望初春的公园，那景，杨柳嫩绿，婀娜多姿；那人，龙腾虎跃，习习生风。草坪上，一位老者，上穿老头衫，下穿灯笼裤，一招一式施展拳脚。只见他拳打脚踢，左右开弓。明福眼前一亮，看得十分痴迷，从此迷上武术，走上了一条漫长而艰辛的路。

明福的少林拳启蒙师傅何肖元，常常讲述习武立德的故事，叙说强身健体的神奇。师傅的师傅，曾于民国二十三年国民政府第一届武术大会上取得第十九名的好成绩，获奖一把龙泉宝剑。明福似懂非懂，却听得着迷；初学动作简单，却练得入迷。

几多风雨，几多汗水，凭借超人的意志，演练压腿、跳坑、蹲马、招式……勤练、苦练、精练，终于养成了内心强大勇者无敌的独特性格。一路走来，他深知脚下的路还很长很长。

1963年，修得一副好身骨的明福又师从丁作云学太极拳。师傅的好拳法，直接得益于杨式太极拳创始人杨露禅传人杨澄甫的面授。拜在名师门下，得到真传的明福，太极拳功底十分扎实，其杨氏太极拳如行云流水，绵绵不断，意到气到，意在拳先。

岁月如水，一场“文革”暴风雨席卷全国，宁静的小镇也不能例外。那年9月的一天，古镇宣布坚决铲除旧社会遗留下来的黑社会帮派，禁止练武习武，凡是刀、枪、棍、剑、鞭一律上缴派出所。于是，明福练武的身姿从人们的视线中消失了。然而，武术是明福最大的嗜好，那一间破旧厢屋成为他练武的“圣地”。春秋轮回，面壁十年图破壁。小天地里，刀、枪、棍、剑、鞭轮番把玩侍弄，天天用心操练，日日苦心励志，明福心知肚明，山外青山楼外楼，武林高手如云，十八般武艺，眼到、手到、心到、意到，自己还差得远呢。

“文革”大串联明福没有北上，而是去了省城南京，带着黄桥烧饼，带着一脸真诚，拜会武术名家吕庆生，此君乃清末武术大师杨宝庆的传人。那些年，明福拜师后，专心研习少林派刀、枪、剑、棍，经高人言传身教，悉心指导，加上自身勤学苦练，明福的武艺日渐精湛，只是处在深闺人不识。

1973年冬，听闻从广州下放了一名右派分子到县城，系广州杂技团名家，武林中的女豪杰。功夫不负有心人，几经打探，得以见面，明福怔住了：孙师傅个头不高，国字脸，齐耳短发，两只狮子眼睛特别明亮，好一个英姿飒爽，大有巾帼不让须眉的武将风范。师傅惜才，也是投缘。不论风霜雨雪，只要是假日，明福总是带着亢奋的激情，去追寻自己的梦想。三个春秋的磨炼，孙师傅擅长的双刀、九节鞭、刀杂鞭、双钩在明福手中游刃有余，形神兼备，一点也不逊色于师傅。

进入黄桥工具厂后，工作上兢兢业业，事业上却不思进取，时时刻刻心系武术。人生坐标，一心一意一路，每一次转身，每一次跳跃，每一次演练，都是那程式不变的习武、练武、研武、精武。与生俱来，生命里不能没有武术；一生追求，离不开魂牵梦绕的武术。

那年，二十六岁的武痴，加入了男大当婚的大龄一族。恋爱的滋味，爱情的香槟，明福从来没有体味过。也许是巧合，同车间乃至全厂最老实的张菊仙姑娘，因不善言辞而极少与人沟通，这与性格孤僻的明福极为相似。那一个雨夜，上完夜班的明福撑着一把油布伞主动随菊仙走到一起。雨中的路，似乎延伸了长度，四目相视，沉默无语，话别时他只有一句："以后经常接触好吗？"菊仙一个点头，让明福一阵窃喜，两人擦出了火花。

初恋的日子，两情相悦，甜蜜滋润。岂料三个月后，明福患上了严重的化脓性中耳炎，四处求医，病情愈发加重。六个月后，病情恶化，确诊为肿瘤。

在病魔缠身的日子，明福的精神萎靡了。病中疼痛的感觉，如弱者遭遇武林高手，只觉得劈头盖脸的刀刺般阵痛，毫无招架之力，活脱脱成了一员败将。梦醒时分，明福告诫自己：武者，弱者败，勇者胜，横下一条心，这辈子为武术，为所爱的人，我要用意志书写生命的奇迹。

在与病魔抗争的日子里，明福脑子里萦绕着菊仙温婉的细语："我要嫁你，天天看着你的刀光剑影。"每每念及，刚强的汉子总是眼噙泪花，无比震撼。心灵的呼唤，使他踏上了新的征程。

一边接受治疗，一边练气功、打太极拳。凭借定力和耐力，每日渐进，日复一日，渐入佳境。病中的明福凭着坚韧的毅力将气功练得出神入化，意念中，飘飘欲仙，时而化为一张弓，时而化成一把剑，宛如山水之上腾云驾雾的空中使者。

1979年10月的一天，决定实施手术的那一刻，明福心境淡定，平静如水。他面带微笑，从容接受生与死的考验。明福是幸运儿，手术成功了，可以说既是医生妙手回春，也是爱情给了明福第二次生命。

改革开放伊始，古镇黄桥迎来了体育文化的春天，明福一显身手，组建了一百多人的武术队。工厂的蓝球场成了武术队的练武场。武术、气功班，男女青少年的蓝色运动衫裤，成为时髦的练功服。壮观的练武场，整齐划一的武术套路，一招一式，有模有样。古镇兴起了空前的武术热。时过境迁，让人扼腕寻思，热爱武术，有多少人能这样执着，有多少人能这样坚持，又有多少人能有这样的不懈追求！

武术的神奇让明福身手不凡地出演了一回“警察”。那一天，黄桥战役纪念碑旁，发生了现实版的警察追捕嫌犯的一幕。一名彪形大汉，从被拦截的卡车上跳将下来，一路狂奔，警察紧追不舍。恰巧下班路过的明福见状，迎面一个飞踹，顺势一个扫堂腿，强劲一拳将嫌犯击倒在地。紧接着一个箭步上前，左手锁喉摁肩，右手抽出嫌犯的裤带，整个过程一气呵成，干净利落。明福露了一小手，受到警察、群众的盛赞，一时成为小镇口口相传的佳话。

明福热爱武术，特立独行，有人点赞，有人理解，也有人大感不解，有人冷言冷语，无非想问：图个啥？明福是个有胸怀有眼界的人，他图的是认定的路就要走到底。

善待人生，从善如流。为弘扬中华武术，从1989年开始，明福先后受聘于东进中学、三里中学、黄桥中学、霍庄中学，任武术教练。明福不图名利，心甘情愿成为莘莘学子的幕后工作者。付出总有回报，在明福的精心指导下，其弟子十六人先后分别考取南京师范大学、扬州师范大学等高校的武术专业。像这样光亮的身份，至今鲜为人知。他总是默默无闻，无私奉献，低调做人，谨慎做事。

阳光总在风雨后。2011 年 6 月的一天，明福与泰州市海灯武学研究会秘书长廖卫东不期而遇。两人一见如故，甚是投缘。此后他被接纳为研究会会员，被聘为常务理事。此外，他还是社会一级体育指导员，国家二级武术裁判。

五十载春秋，铸就铮铮铁骨；春华秋实，汗水浇灌出累累硕果。2011 年 7 月 9 日，是明福十分期待的日子。泰州市体育馆比赛场上，明福一展风采，如愿以偿释放出积淀了几十年的万丈豪情。剑术，刚劲炫目，形神兼备，人剑合一。双刀，密不透风，势不可当，堪称完美。明福志在必得，获得江苏省武术运动协会颁发的男子老年组“剑术第一名”和“双刀第一名”双重殊荣。其后又在泰州市“万邦杯”武术比赛中获得了老年组长穗剑、双刀、八卦掌第一名的好成绩。2012 年又获第三届泰州国际武术交流大赛男子老年组八卦掌、八卦双刀、长穗剑第一名。其得意门生黄波、季卫红分获女子中年组长穗剑、木兰拂第一名。2013 年他又获得泰州市武术比赛八卦掌、长穗剑两个金牌。收获时节，明福感慨万分，回首往事，酸甜苦辣涌上心头。四十年前，在扬州地区武术表演中，他已经崭露头角；四十年后，夕阳余晖，厚积薄发，展露峥嵘，是明福激情上演的武魂。

古镇黄桥人杰地灵，不乏名吏大儒。数风流人物，明福是一个极其平凡的小人物；吟古韵篇章，明福是一个极不起眼的后来者。李明福简约而又不简单，平凡而又不平凡。期许，一生悠然的心路，还会延绵很长很长。

指尖上的快乐

2009年元旦的夜晚，我到凯哥家与哥嫂们聚会。席间，不胜酒力，喝得微醉。当步履蹒跚至东进新村时，小巷深处一阵悦耳的二胡声，飞来一曲《洪湖水，浪打浪》，循声探望，料想是同事李华的家。前行不远，迷迷糊糊，似醉非醉，下意识跨进了敞着门的小院。李华的母亲端坐在中堂太师椅子上，八十五岁的老人，眉目清秀，肤色红润，显得特有精气神，看上去不过七十岁。因我的冒失，也因不速之客的到来，李北庚老人家一曲未终，二胡声戛然而止。

那晚，就着一杯龙井茶，我仿佛年少时置身于评书场。听着北庚老人唠叨如烟往事，品着老夫人不时的精彩插话。那些年，那些事，李夫人丁淑琴总能精准地道出时代背景、人物情景。我敬佩北庚，也叹服这样的尊贵夫人。

北庚中等身材，生得俊朗，长脸长眉，目光炯炯有神。1926年生于黄桥镇布巷李德鑫粮食行，家境殷实，衣食无忧。北庚自小天资聪颖，深得严父李德鑫器重。初中毕业，遵从其父之命，弃学从商。粮行是其祖业，但颇有眼光的父亲却认为百货行业前景广阔。北庚倚重其父的胆识和勇气，大胆创业，信心满怀。二十岁便闯荡码头，穿梭于京沪线，涉足于苏锡常，探摸行情，组织货源。那时他年轻气盛，又略带年少轻狂。每到一地，贪大求洋，扩充百货品种，大到洋货百货、搪铝制品，小到胭脂花粉、针头线脑，一股脑儿采购。不足两年时间，有赚有赔缴了不少学费。他父亲的刻意栽培，使有志于立长志的北庚从丰富的实践中积累了厚实的经营之道，养成了独当一面的好强性格。

正当自立门户、生意日渐火红之际，北庚的人生遭遇大逆转。中华人民共和国成立后，公私合营，北庚在迷茫、彷徨、徘徊中，跨出了人生难以跨越的一大步。从个私老板，蜕变为集体化企业中的一员。身份转换，让北庚平添几分欣慰。

1953 年，北庚义无反顾进了黄桥百货合作商店，再也不需要单打独斗走南闯北了。回首那段创业、敬业、守业的时光，他离音乐似乎渐行渐远。有了自己的空间后，儿时的情趣，对音乐情有独钟的酷爱，在心头不断涌动着。自十二岁学会了拉二胡，其间断断续续操弄，若干年后显得有点荒疏。公私合营八小时工作制，他闲时别无二心，总是捣鼓乐器，二胡、京胡、月琴轮番演奏，乐此不疲。日复一日，唯有音乐让他放飞心情，自得其乐。

那年，二十六岁的北庚受邀进了黄桥文艺队，通过一段独奏、合奏排练的程式化预演，北庚的演奏水平不断提升。金秋十月赴泰州参加文艺调演，演出间隙，经朋友引荐，登门造访泰州文工团卢老师。经名师指点后，北庚如虎添翼，弓法、指法、技巧均有长足的进步。凭着与生俱来的天赋，秉持对音乐的孜孜追求，北庚一发而不可收。其眼界，不断拓宽广度，其境界，不断攀升高度。

北庚酷爱音乐广为人知，而擅长美术知之者甚少。学会拉二胡后，其父以古代才子须通琴棋书画为由，让其涉猎丹青。十五岁那年，父亲托人从上海买来美术教科书，令其照葫芦画瓢，培养其兴趣。略通美术基础后，北庚如愿考上盐城鲁迅工艺美术专科学校。他貌似从商，骨子里酷爱艺术。此后，打下素描、书法、工笔画基础，练就一手烫花、烙花、雕刻版画手艺。毕业后，还曾在小学里当了一段时间的美术代课老师。

有一年，黄桥电影院暂缺美工，救场如救火，北庚急人所难，利用业余时间揽下所有海报、宣传画的绘制任务。彼时，北庚的美术功底一展真容，北庚声名鹊起。

20世纪60年代初，黄桥汇聚人才组建文工团，排演《南海长城》《血海深仇》《小二黑结婚》，北庚当仁不让，担纲二胡演奏。风华正茂的北庚，一时出尽了风头。

北庚的演奏生涯最难忘的一幕是去泰兴参加国庆文艺汇演。《黄桥组歌》词曲出自名家，演出阵容空前。那天，演出效果特别轰动，北庚的情绪也前所未有地兴奋。北庚忘我投入，如入无人之境。然而，落幕之际，人们却意外发现北庚血流衣襟，昏厥过去，其情其景，是他劳累所致。北庚痴迷音乐，用心演奏近乎玩命。

"文革"伊始，小镇上擅长字画者大有人在。当时，知名人士朱士元、汪厚生、尹之秀等人都成了香饽饽。北庚不甘示弱，赫然在列。然而，命运却跟北庚开了个人生的大玩笑。1968年有人检举北庚，说他40年代末就读盐城鲁艺时，加入了国民党的三青团。晴天霹雳，命运逆转。一个好端端的殷实人家，一夜之间跌入谷底，全家下放落户泰兴县长生乡张家场九队。漫漫长夜，北庚问天天不应，问地地不鸣。茫茫苦海，何去何从，何日有尽头？打那以后，北庚觉得周围的一切人和事都索然无味，度日如度年，唯有每天有线广播中的乐曲是其必修课，也是生命的支撑和寄托。无论是语录歌，还是样板戏，北庚凭天赋，一曲听下来，便能用二胡或京胡演奏，有模有样，有板有眼。

每每即兴中的亢奋激情，时光中的悠然闲情，才是最为动心又动情的。北庚夫人贤淑能干，精明过人，抚养儿女的生活重担她一人担当。北庚一生十指不粘事，只会在琴弦上拨弄着，享受着，快乐着。在农村困苦的日子里，北庚只会大锅灶的“二人转”。每天照例拉着灶旁的风箱，不时添几把柴火，看炉中火，还有那炉膛飞出的火焰。因为红红火火的色彩，引发他浮想联翩。那是他对红红火火生活的向往，更是一种久远而不可及的期待。

“文革”岁月，一个没有身份、戴着五类分子帽子的人，即使夹着尾巴做人，也是难做事的。福祸兮，似乎总有些关联。北庚因为有过三青团身份而祸从天降。又因一技之长，而免除日出而作、日落而归的劳苦。一段悲情却产生了一段情结。“文革”时期的“忠字化”，北庚如鱼得水，有了用武之地。公社、农电站、农具厂、食品站、粮管所、乡办厂等单位纷纷慕名而来，北庚有求必应。那年头，写“三忠于”，画伟人像，倒也成了北庚人生的五彩缤纷的一道亮丽风景线。

北庚当属本分人。20 世纪 70 年代末，时来运转，苦尽甘来，北庚携一家老小，回到了阔别十年的小镇。生活的历练，使低调的北庚做人做事谨言慎行。人生百味，让他学会了随和人缘，应和百事，也悟出了如何善待人生、善解人意的哲学真谛。

北庚内心强大，缘于音乐的陶冶，又缘于工艺美术的修炼。退休后，他在黄桥东大街有了属于自己的商铺，领衔主演，亮出了工艺美术品商店招牌。独具创意地自产、自画、自制、自销。一件件价廉物美的工艺美术品闪亮登场，其品种之全，规格之多，首屈一指。应时而出的中堂字画、四幅条屏、玻璃画匾等一应俱全，昔日农村“火头军”，十年守望炉中火，十年期盼火红的生活，终于迎来红红火火的大好时光。青山在，人未老，夕阳无限好。几年下来，北庚腰缠万贯，往日本分低调的北庚,时不时也高调起来。人前人后自夸自己经营有方,也炫耀两个儿子事业有成。每天茶余饭后,不分早晚,操起家里三件宝:二胡、京胡、月琴,轮流弹拉演奏,那指尖上流淌着快乐。

北庚一生堪称美满幸福,唯一遗憾是中年丧一女。其女天生丽质,聪慧过人,六岁时便能弹得一手好月琴,不料年仅十二岁撒手人寰。偶尔念及,北庚夫妇泪水盈眶,忍不住往下流。值得骄傲的是,两个儿子虽没有传承父亲的音乐细胞,却传承了父亲的美术基因。

那年,北庚八十岁,二儿子李健提及为老人操办寿宴。北庚坚持不办寿宴,李健一脸茫然,不明就里,问明原委。原来,黄桥京剧联谊社已经多年没有活动场所。李健乐了,千孝不如一顺。不多日,黄桥京剧联谊社落户黄桥公园美食廊。其后,李健多了人生的感悟,他的事业也如日中天,也有了一次又一次的华丽转身:修建黄桥宾馆,创办黄桥烧饼民俗陈列馆,打造黄桥绿色生态园。北庚的大儿子李青,一点也不逊色,旗下的泰兴市三原色装潢设计公司,凭借雄厚的实力,装点扮美千家万户。古镇黄桥,随处可见李青的三原色作品。北庚笑口常开,三句话离不开两个儿子,四季常春,笑意写在脸上,着实是位大福人。

北庚一生,是厚德载物的一生;儿女事业,是自强不息的阳光事业。老人家北庚为大儿取名青,寓意山清水碧"地势坤";为二儿取名健,寓意自强不息"天行健"。

北庚老人一生用心书写大爱。人生旅途,在音乐中升华品格的境界,在美术中彰显生命的光华。续写大爱,大爱无疆。

南坝桥外那人

古镇黄桥素有二十四桥，那小桥流水，叙说了历久难忘的故事。那故事的主人翁，都让人口口相传了一代又一代。然而，我童年模糊的记忆中，却是那宛如孤岛的南坝桥外，芸芸众生，有铁匠、富生、扣宏……

曾记得南坝桥外有烧饼店、香烛店、铁匠铺，往南行有一座小庙，小庙的南边有一位尚未出名的盲人算命先生。居间，有一位传奇的好汉富生。儿时的印象，每每让我生出许多念想，念想中，我始终萦怀的是那平凡的挑着担子的那人。

王扣宏，论辈分是我眼中的长者，既是硬朗俊男，又是不向贫困低头的智者。许多年以后，他的足迹留下了一串串耐人寻味的印记。

一座雄伟的石拱桥，其规模、其高度、其精致，在全国实属罕见。遥想当年，不失为黄桥典型的标志物；而常住在石桥流水附近的人家，孕育了平凡而又不寻常的那些人。

南坝桥外的王扣宏，一生坎坷，富有色彩，一副担子，一串竹板，一声吆喝，一身精气神，一路米酒飘香。

扣宏在外学了一手好手艺，多少年走街串巷，仅仅靠卖碗头酒糟，赚得了名气，赚到了养育儿女的辛苦钱。扣宏的儿子王建国，五官端正，轮廓分明，眉宇之间蕴藏了睿智，挺拔的腰板，活脱脱的王扣宏的身影。一次偶遇，我与王建走到了一起。

那天客满楼小店门前，王建国肩扛煤气包，送货到门。正巧侄儿辈相约小聚，我随性的性格，经不起诱惑，也就厮混在一起。饭局上难得喜滋滋地享用小辈们频频举杯的敬酒，似醉非醉间，我的目光聚焦在王建身上，其父王扣宏的身影在我脑海定格成一幅幅画面。

王扣宏出自苦难之家，打小姐妹五人。中华人民共和国成立前夕，随父母落荒至黄桥，一家老小随船漂泊安身，随后进入黄桥航运站，亦称运输社。逆水行船，弓背拉纤是纤夫辛苦的日子，每遇好天气顺风升帆的时候，算是交上好运，自小看着父母年复一年不辞劳苦，也铸就了扣宏吃苦耐劳的品质。

黄桥的水上人家，大小船只有八十多只，浩浩荡荡的船队中当数扣宏祖上自有的35吨运输船最为庞大，这是让一家人最为荣耀和自豪的事。懂事后的扣宏朝朝夕夕听着父亲讲那如烟往事，值得骄傲的大船，曾参加过解放战争的渡江战役，立下过汗马功劳。这条船故事的背后，铭刻着几代人风雨同舟，不离不散；承载着几代人潮起潮落，自强不息；宣示着几代人薪火相传，前赴后继。

初中毕业，扣宏萌生了人生的感悟，对水上人家漂泊四方的单调枯燥的生活，他有逆反的孤独感和厌恶感。南坝桥外孤岛的生活气息，他情有独钟。他喜欢“孤岛”上的土山，土山的一草一木；喜欢天地间的百鸟，百鸟的飞歌吟唱；喜欢夜晚的天幕，天幕的月色星光，“孤岛”的诗情画意；还有那暗流涌动的、对对双双的情侣。令人眷恋的地方，他放飞着“宁静致远”的遐想。

二十出头的扣宏，应征兵验上海军，穿上军装就是水上骄子。梦想成真的时候，饱经风霜的父亲粉碎了扣宏的梦想。难怪扣宏父母的绝情，其父婚后夭折一男一女，许是因漂泊不定的劳碌所致，许是因命运不济的家门不祥，许是因苍天无眼的无情惩罚。扣宏父亲中年得子，来之不易。为宝贝取名扣宏，意即扣住宝贝，寄望宏图大展。遵从民俗，扣宏从小穿耳环、戴银圈、挂银锁，常年剃着桃子头，扎着小辫子。缘于此，扣宏打小知晓百善孝为先，父母在不远游。遵从父命，扣宏当兵不成就结了婚。婚后喜得一子，大儿子王建国与生俱来皮包骨头，弱不禁风。邻里大婶说养不起来。扣宏转喜为忧，满脸愁云。郁闷中，南坝桥外又摊上大事儿，一条反动标语，如同地震。飞来横祸，偏偏摊到了扣宏头上。他被抓进学习班，一关就是七十二天。那些天，刑讯逼供，柱子上五花大绑。隆冬时节脚下冷水泡脚，残酷得生不如死。铁骨铮铮的扣宏，与其说因本能的求生，不如说为妻儿千万不能犯糊涂，他心中无愧，终归侥幸免除了冤狱之灾。

扣宏牵肠挂肚的是儿子建国。其子 5 岁还不会走路，扣宏夫妇从不言弃。他用特制的独凳让儿子学步，用邻里大婶的炒花生激励学步。儿子每挪动一步，张嘴一粒花生米。小建国靠麦乳精长大，靠花生米学步。儿子竟奇迹般地长大成人。

“文革”初期，长得五官端正，又头脑灵活、伶牙俐齿的扣宏，因先天条件进了大队文艺宣传队。他拜师学艺，又暗自琢磨。那几年，学会了敲锣打鼓，传统的龙灯舞、狮子舞、秧歌舞，有地方特色的荡母子船等是他的拿手好戏。小荷才露尖尖角，他进了县文工团。扣宏因演刘少奇而名噪一时。有了名气的他，还有了追星的铁杆粉丝。镇上一邻家女孩，因他而得了相思病。扣宏参加文工团巡演，他演到哪里，痴情的姑娘就追到哪里。那时，扣宏不胜其烦，苦恼接踵而来。幸好团里的老师指点迷津，才有可怜姑娘的良策。扣宏主动接近她，一句“等你病好了，咱俩交朋友”，温和的话语，切中了姑娘的病灶，加上药物的治疗，姑娘的心病有了好转。以后，姑娘还嫁给了一位好老师，这一段故事一时传为佳话。

那年文工团解散，因扣宏能烧一手好菜，应了一句“荒年饿不死手艺人”，他应聘到泰兴县滨江医院食堂掌勺，县里的领导检查工作意外发现人才，又把他挖到县委招待所。那几年，扣宏的手艺大有长进，白案各式早点样样会，红锅、小炒、烧菜无一不精，尤其冷盘的雕花围边如同工艺品。他为人做事的一贯作风赢得了一片赞誉声。

扣宏的左邻右舍，有安分的铁匠，有闭守的盲人，有胆大的富生哥。扣宏与富生两兄弟同属性情中人，两人脾味相投颇为相似，骨子里并不安于现状，都有敢想、敢闯、敢干的精气神。在富生哥的鼓动下，扣宏才决定只身走出“孤岛”，走出黄桥。

那几年，扣宏落脚县城，也混出了人样儿……

时过境迁，扣宏膝下的五个儿女渐渐长大，为培育儿女，扣宏践行自己“骨头磨成粉，儿女要成人”的座右铭，毅然决然地回到老家最为熟悉的街头巷尾、小店澡堂，又挑着担子往返于七十二条巷，驻足于二十四座桥，竹板打着节奏，高亢的吆喝声“卖浆糟噢——”回响许久。硬朗的身影，还是那样悠然从容，自得其乐。

扣宏做的浆糟，用的是里下河地区的糯米。制作前容不得一粒沙子，筛选、浸泡、蒸煮、搅拌、复水、注缸，一套程序特有讲究。其口感淡雅醇香，酒度甜度拿捏无误，因而远近闻名。不过，他的儿子王建国给了一次教训。那天扣宏重感冒，就让徒儿独当一面。儿子王建国不敢懈怠，从大缸里淘出浸泡了十几个小时的上乘糯米，装满蒸笼十五斤，火候闹钟设置五十分钟。快要成功的节点上，一股焦味扑鼻而来，建国惊慌之中揭开笼盖，满笼的糯米蒸得雪白雪白的，他舒了一口气，接着用水勺浇水，反复多次，直到降温至36℃，其后拌酒药子，均匀润透，再将糯米装入蓝色大缸里，缸体中间必须预留方圆10公分的空间，操作完毕，一个时辰出缸就是喷香的浆糟。第二天，扣宏拖着病体，打起精神，三尺扁担一头椭圆笼盘，一头蓝色钵头，打着竹板“卖浆糟噢”，刚过了南坝桥，迎头遇上老客“来一碗”，说着接手就吃了一口，那老板眉头一皱：“老王，今天味儿不对。”说时迟那时快，扣宏舀一口一尝，心中有数，立马拔腿飞奔，一到家，抓住儿子劈头劈脑揍了一顿：“混帐东西，你把老子的脸丢尽了。”唯一的闪失，使父子俩都长了记性。

一天晚上，昏暗的油灯下，孤灯伴孤影，一人独斟自饮，一不留意，扣宏竟然喝高了，醉意中叽叽咕咕：“我不如铁匠，有铁打的心，远近闻名；我不如盲人，能说善道让人似信非信；我不如佤哥何富生，敢说敢当，助人为乐。做人做事，只有想不到的，没有做不到的，我怎么就学不到特立独行、敢作敢为的硬汉哥的万丈豪情？！

“富生哥，我永远忘不了，那天，那事，那钱，我走投无路到你家里借钱，手上掂量着情重如山的二十元钱，你问我够不够，我说：‘过几天我一定还你。’你仗义言明：‘甭提借的话，有困难尽管找我。’”扣宏想着那犹在耳边的感人话语，却进入了短暂的梦乡。那一刻，似梦非梦，梦之回想，是真真切切的难以释怀的兄弟情，似醉非醉，人之常情，是感恩之心的瞬间喷发。不一会儿扣宏又醒了，追忆中的激情，扣宏吐着、叫着、嚷着，一连串夹杂着俗话套话，夹杂着片言诗句，夹杂着梦幻呓语。不吭声的儿女，心里读懂，心有感悟，那分明是父亲出自心灵深处的呼唤，分明是父亲对儿女们做人做事的期许，分明是父亲对儿女们十指相连的叮嘱，那天、那夜、那泪写下了不尽的省略号。

扣宏一生好酒。当问人生几回醉？扣宏的醉酒，没有醉酒的状态，也没有醉酒的失态，他沉醉于一家老小的七口人。他怀揣着儿女们的冷暖，他不愿“麻布袋草布袋——一代不如一代”。扣宏很平凡，但他的人格始终如一，把持着酒不醉人人自醉，把持着做人做事讲规矩，把持着万一我倒下，儿女们靠谁撑起这片天。

博大的情怀，书写人间大爱。

扣宏一生，有甘甜，有本钱。扣宏常常借着酒意，在儿女面前卖弄着世故的老练，糊弄着草根的文化，玩弄着儿女们猜不透却看得着的“深奥”意境。那理得清的家训，立得住的家风，让儿女们终身受益。

扣宏，有酒天幻地想，无酒也口无遮拦。天公地道，爱打抱不平，在镇上小有名气。有一年，那一天，镇市管会的管理员看到上街赶集的不起眼的老娘“不按规矩，不成方圆”，愣是把菜担子放到路中间。这个老资格的管理员吆三喝四：“不懂规矩，就不要上街卖菜！”那老娘花白头发，扎着青花布裙，骨子里属刚烈女子，许是有原因，才赶集卖菜。果然，这女子不信这一套，双手一叉，大声叫嚷：“你算什么鸟人，老娘怕你这个鬼，到王家庄去打听一下，老娘是什么人，县委书记见到老娘还客气三分。”王扣宏见状，大喝一声：“你小子欺人太甚，你不识相，老子就揍你！”说着操起扁担就要动真格。原来那老娘也是见多识广的人，撂了一句话：“吃的盐和米，讲的情和理，你大哥给我面子，今天就散了吧。”众人散去，扣宏又平添了几分名气。

扣宏嗜酒成性，无人不晓，好在几十年只醉过几回。一年四季，三顿不离酒，怪哉乎，下酒菜，从不讲究，不外乎酱豆子、臭豆腐、萝卜干、花生米，念叨最多的话语是“人要吃得苦，上磨肩膀，下磨脚。有德乃大，勤俭治家……”扣宏的家训，朴实中寓哲理，哲理中寓厚望，沿袭的家风让儿女们成人成材。

几十年的打拼，扣宏坐拥两间三层门面房，老宅还有三间两进的平房。他走了十四个年头，扣宏妻最不放心，再三叮嘱两个儿子“趁妈健在，你们分家吧”。每当如此，两儿异口同声：“我们不分家，侍候您一辈子。”两儿的孝心，加上两妯娌的贤惠，这在当今物欲横流的年代实为鲜见。有物为证，两个儿子展示的房产证、土地证上赫然醒目“王扣宏”三个大字，儿子们奉为至上的照片中，小平头黝黑的脸庞轮廓分明，八字眉下，一对杏眼炯炯有神。扣宏英年早逝，风骨犹存，他一生留下的宝贵财富是一座温馨宁静的港湾。

修表王

1973年新春初五，一大早母亲发号施令："吃过早饭，到照相馆拍全家福照。"个中原因，大哥鹏春刚解甲归乡，坊间传言，大哥是部队派人押送回家。这事非同小可。人家造谣，母亲便用无声的行为来辟谣。

这一天，正是照相馆最繁忙的时段，我在等候中不耐烦，便溜到挨着边的钟表店，足有半个时辰，围观一个英俊小伙子修表。此人，白皙肤色，两只大眼睛，身着压条军用棉袄，戴着一只黑色眼套，聚精会神修手表。此景，印象特别深刻。

那些年，小镇黄桥的俊男靓女的回头率高，少不了我邻家这个小男孩。眼熟此人后，经常三天两日看到他的身影。那时他着装非常时髦，冬有派克大衣、呢子中山装，春秋有军装、的卡中山装，夏有的确良长短衬衣，他在黄桥街上，是一个引人注目的海派时髦人。

时光流转三年后，我眼熟的这位俊男王扣群，成为我女朋友的姐夫。

扣群口无遮拦，喜欢讲天南海北的故事，但他背后也有许多人津津有味讲着他的故事。

那年，扣群是黄桥拥有摩托车的第一人。

每天早晨，呼呼的摩托车，一溜烟地满街穿梭，背地里，有人指手画脚，也有人说三道四。时间一长，街坊邻居自然而然地见惯不怪了。

扣群一身傲气，年少轻狂，做事我行我素，个性张扬。生性随心所欲，总是喜欢出人头地。只要是想到的，他可以毫无顾忌地做得到。

扣群善于交际，结交了不少朋友。朋友圈子又扩大到乡里乡亲。扣群在街上着实风光，风光过后又到乡下风光。有一年，趾高气扬的扣群，应乡下好友邀约，骑着摩托车去喝喜酒。说到酒，扣群是无酒不下饭，也是革命的小酒天天醉。那天喝酒后，他带着醉意，哼着小曲，一路风尘，轻车熟路，一路狂奔不减车速。岂料，农忙时节，公路上开路挖沟是常有的事，一条暗沟，让扣群人仰马翻，应了那句“乐极生悲”。

闻讯，扣群在黄桥人民医院三楼病区住院，小弟前去探视，其况着实惨不忍睹,满脸缠着纱布,只露着转动的双眼。探情方知骨折六处，全身体无完肤，饱受皮肉之苦。血的教训，醉驾的惩罚，让扣群忍痛割爱，告别摩托坐骑。

改革伊始，扣群是黄桥乃至泰兴地区吃螃蟹干个体第一人。他放下铁饭碗，闹着干个体，商业公司不批辞职报告，是因爱才惜才，可他坚持不从，还上访上级主管部门讨要说法。

扣群为人耿直，很有头脑，小学四年级时，天赋就不一般，平常不喜欢看电视连续剧，但特别喜欢看新闻，尤其是看《新闻联播》，那是每天必须的。他懂得人要有政治方向、政治嗅觉。他逢人就讲：“我干个体户是响应党的号召。”

辞职下海，公司领导一直不批报告，于是扣群由与领导打口水仗，升级为打官司。为了既不耽误修表的活儿，又不浪费宝贵时间，扣群有了惊人之举：自费装电话，用电话上告主管部门，继续讨要说法。由此，扣群又成为黄桥镇安装私人电话的第一人。

记得扣群摊上大事儿的那年，有个朋友开着一辆崭新的面包车登门拜访。车在店门前停稳，两人坐在车上，一来二去聊得正欢。一时兴起，扣群一屁股坐到驾驶室，问这问那，换挡、油门、手刹、脚刹，聪明的脑袋一时狂热，脱口一句“简单，跟摩托车一样，我来试试”。这一试，成为黄桥镇的爆炸新闻。驾车，其实不简单。扣群开出一百米后，新车犹如脱缰的野马，一路横冲直撞，十桥路一片狼藉，好在不幸中的大幸，吓跑了人群，只重创一位妇女。事情平息后，扣群多了些反思，修身养性，也多了些谨慎和沉稳。

曾记得，我与扣群成为连襟后，过从甚密。他眼中，我留给他的是健谈的印象而已。我眼中，他既有傲气也有傲骨。立体的扣群身上有不少与众不同的趣事。扣群有胆，胆魄过人，也不乏胆大冒失。他识人识事，源于见多识广。

扣群下海，顺应时势，应运而生出一种契合。难怪他能成为没有名分的“万元户”第一人。他靠的是党的政策，靠的是精湛的手艺，靠的是业界修表的无冕之王的实力。他的敬业与生俱来，他心手合一，大写了令人叹服的“专一、专心、专注”六个字。

扣群去年遭遇轻度中风，康复后不再从业。大儿子王萌勇于担当，主动放弃心爱的电脑公司，毅然决然地子承父业。扣群自慰中感到自豪，一块“王氏钟表店”金字招牌依然闪闪发光……

半个世纪，扣群潜心修表，修来口碑人生。论口碑，无论什么疑难杂症，都是扣群的拿手好戏；说名气，不管什么百味杂陈，都是扣群的任性使然。

扣群一生，钟爱钟表又托付钟表，他知道时光的隧道承载岁月的年轮，他知道岁月无情亦有情。

纠　结

我是江苏黑松林粘合剂厂有限公司的一名编外员工。凯哥逢年过节都要让我享有一个厂里的福利份子。年复一年，年年如此。

2017年春节临近，我照例前去厂里领“饷”。一大堆福利，有雨伞、挂历、烟酒、茶叶、电水壶、色拉油，其数量都是复数。随后，凯哥又亲手递来一套保暖衣，我顿觉一股暖流涌入心田。面对一大堆礼品，我请上好友张加吉，驾着电动三轮车满载而归。

窃窃自喜中，我将礼品一一盘点。稍顿片刻，拿出两瓶酒、一把晴雨伞、一份挂历赠予张加吉，还道一声谢谢，你自个儿忙去。他刚走，我静下心来，忽然发现少了一件暖心之物：一套保暖衣不见了。去电询问张加吉，电话里他支支吾吾：“没有看到，确实没有看到。”纳闷中，我也没有真当回事儿。腊月里事儿还是挺多的，可时不时脑袋里似乎还在等待他的回心转意，料想他醒悟后还会送过来。谁想到腊月二十九，期待中张加吉的身影没有出现在面前……

猛然回想，一套保暖内衣值不了多少钱，在乎的是凯哥善解人意，雪中送炭，总是让人心生感动。

张加吉没有过来，也没有解释，也没有道歉，蹊跷中反倒让我很纠结，莫不是多少年的情感，在不明不白的小事中毁于一旦。

正月里闹新春，我却在纠结中闹心。多好的朋友，多好的手艺，不知道他想什么，该做些什么。纷乱的思绪渐渐平静下来，如烟往事，飘忽在脑际，张加吉的身影从记忆中跳出。

认识张加吉是1979年我从泰兴果园场返城，顶替父亲到黄桥供销社工作。单位大小门面房八十余间，大小仓库二百余间，房屋是二三十年代的砖木结构瓦房，绝大多数房屋年久失修，普遍存在门窗破损、屋面漏雨问题。身为瓦匠的张加吉人生得俊俏，一双细眼睛，逢人一脸的笑，长相讨人喜欢。论手艺，二十出头就有一身好手艺。因人好、手艺好，得到单位鲍主任赏识。从此一头扎进单位，一年四季穿梭于供销社的角里角落。精明的鲍主任让一个瓦匠常驻单位，这在当时十分鲜见。精明在于花小钱办大事，如此一来，再老的房子，张加吉手到“病”除，保了老房子不漏雨水的平安，博得众口称赞：“张瓦匠不简单。”小刀灰，大刀灰，阴角阳角，找平垂平，平整度，水平度，样样行家里手。令人折服的是，屋面漏雨，他拿捏到位，从此手艺好的口碑不胫而走。

张加吉养护维修房屋闲下来，主任也不会让他闲着，除了修修补补，拿拿屋漏，大多数时间就在日杂仓库浇筑水泥预制块。那时，他几乎天天与我打交道。论工作关系，我也是他的“头儿”，领料、记工、签工都得找我。他比我大三岁，有时我俩也称兄道弟，一来二去，生出一段兄弟情，彼此也成了朋友。

1984年3月，县供销社调我参加工作队，从此与张加吉渐行渐远。倒不是因为岗位变了，彼此感情也疏远了。其实，我一直珍视这份感情，总觉得张加吉心地善良，本质上醇厚质朴，从不愿给人添麻烦。他每次遇到我，常说一句“知道你忙，不耽搁你的时间”。我回答：“有事找我，不要客气。”虽这样说，可他从没有托我买一件紧俏商品，这在计划经济年代十分罕见。当时，不要说是好朋友，只要是沾亲带故有点脸熟的人，时不时找你给办点事再正常不过。就这样一个老朋友，二十几年没有让我为他办一件事，那时我也有点纠结，这人怎么“缺情缺义”。

一年前，我在黄桥公园门前散步。“兄弟去哪儿？我送你。”回首一看，身后悄悄停着一辆崭新的电动车，是老友张加吉。“怎么，什么时候改行的？现在也开上宝马了。”一时兴起，不该对老友戏称宝马、大奔。于是我让他将我送到家。

久别重逢，老友相聚，沏茶，递烟，喝酒。席间，张加吉含着泪水娓娓讲出了这些年的坎坷遭遇。

独子婚后育有两个儿子，2000 年 6 月因车祸撒手人寰，儿媳妇以寡妇之身改嫁。从此，张加吉与妻子艰苦打拼，两人靠做苦工抚养两个孙儿。不幸的家庭往往雪上添霜，家运不济，妻子常年有病，苦难之中的苦，何从说起。

张加吉年事六十有六，身为瓦匠，不敢攀高上楼房，倒不是怕死，他小心贪生，是为两个孙儿。自己如有闪失，病妻和孙儿谁来照顾抚养？这一天张加吉是一双泪眼，吃完一顿饭。当年英俊的张加吉，如今变成一个小老头，满脸皱纹，是岁月沧桑的痕迹；一脸愁思，是苦人的招贴。张加吉命苦，没有修来福分。他哭诉：“我把孙子当儿子，唯有孙子快快长大，我才能苦中有乐。”从此，我时不时想到张加吉，有意经常用他的三轮电动车为我办点事。每次我都是多付费，略表我的心意。

一天，我老婆想把老宅装修一下，便想到请老友张加吉一手操办。我应道：“张加吉可能无脸见我。”老婆快人快语，问个究竟，我如实和盘托出，叹道：“怎么一个好人竟变成了一个小人。”老婆笑道:“老头子，多想想人家的好处，小事别往心里去。他一个苦人，你无须计较，想必是苦难之中难免的糊涂。”老婆的看淡看透，倒让我刮目相看。

我因那区区小事，纠结已有时日，又因顾念旧情，浮现一段段时光。难以料想，老婆不经意的一两句极为平常的碎语，使我豁然释怀。妻子的真性情，我相形见绌。做人做事，明事明理，与其纠结，何妨豁达。

静　思

为父母修墓，我也多了一份静思。

我敬爱的父母亲于1990年相继谢世。母亲走时，是突发的没有征兆的晚期胃癌。临终前，母亲生命力极强，三天不吃不喝不输液，居然思维清晰，能辨认出一个又一个前来探视的人，实属罕见。

母亲生命的最后一刻，我从她眼神里，看到她对生命的渴望，对生活的憧憬，然而她坚毅的眼神里，又似乎有说不清道不明的些许遗憾，让我永远无法读懂。母亲精明过人，她一生的愿景，是争气的儿子，是争光的儿子。理所当然她有足够的本钱感到欣慰，可她始终没有留下遗嘱。

母亲走了，父亲生性质朴憨厚，沉浸在难以自制的悲情中，目光呆滞，日日不思茶饭。他假以一次摔倒，造成严重的股骨骨折，成为一个无厘头的由头，随心而去。

父亲走了，最后弥留之际嘱咐："我要和你妈合葬，下辈子还做好夫妻。"父亲遗嘱，做儿子的必须遵从。此后，父母亲合葬、建墓、立碑的事由我料理。那时，我们兄弟为父母立碑撰文，简约庄重。春哥的碑文，旋哥的墨迹，凝结父母一生的苦难和骄傲。碑文："因为儿子而贫穷，因为儿子而富有。"其文真切，其情壮哉。

光阴似箭，转眼一晃，黄桥公墓的墓群，一个挨着一个，大小不一，形态各异。这些年各家各户大兴装修之风，大多墓碑都已修缮，可我家父母的墓碑依旧还是当年的模样，碑文已模糊得难以辨认。每年清明扫墓，兄弟们议事都提及修墓之事，可事有多磨，久拖未决。其主因只是兄弟情深，都有温良恭俭让的情怀。五年间，曾有的动议，夹杂的因素，也是心照不宣。

今年春节兄弟们聚会时，旋哥挑头直言："不管怎么说，今年清明前，由佩嫂主持操办，德弟付诸实施，一定要将父母亲的墓碑修缮好。"说实在的，刘氏大家庭逢年过节的正事儿，都是佩嫂按民俗行事，且面面俱到，有模有样。佩嫂是我心目中最优秀的嫂子，她人很贤惠，贤惠得无可挑剔。

修墓的几天，我有时早晨6时出发，有时傍晚7时许收工，修墓人巧作安排，我是恭敬从命。监工时，我一反常态，没有喝茶的习惯，也没有坐享清闲的舒适，我目睹修墓立碑的全过程，也便有了静思的空间。

想到母亲，她极富个性，待人接物，左右逢源，何氏家庭的事，有时她能一言九鼎。母亲的声望和"二姑奶奶"的尊称，体现的乃是何氏门族的一种敬畏。

母亲是慈母，更是严母。母亲教子有方，信奉棒打出孝子。春哥的学习总是偏科，母亲用浣杖打出了一个才子，果然春哥出人头地，一身光环。

母亲对我是最为严厉的，她的基因传给我也是最多的。我个性强，遇事不让人；我头脑灵活，调皮有余；平易近人，极像母亲。那一年，我的婚期临近，我对母亲作出的安排大为不满，于是我第一次像发疯的狮子与母亲激烈争吵。母亲是女中丈夫亦豪杰，我的唐突如同犯了天条。母亲面对不孝的儿子，果敢地拿起菜刀，不由分说狠狠地砍在我右膀上。我遭受皮肉之苦不算，还遭到三个哥哥一顿臭骂，如不识相，还要吃哥哥们的二遍苦。反思之后，我刚烈的性格渐渐有了转化。

父亲待春哥，显得漠不关心，许是春哥的潜质和天赋，父亲心知肚明，应了那句“知子莫过于父”。

父亲一生，与人为善。街坊邻居，同事好友，从未有人吐槽过。倒是母亲的个性，常有微词指摘为一个凶人。其实，母亲处世之道，刚柔并济。她骨子里有着男子汉的风骨，遇事抓得起放得下，能屈能伸。为了儿子，她能变卖所有的嫁妆；为了儿子，她能委曲求全寄人篱下；为了儿子，她能饱经风霜抱病谋生。

记得母亲常对春哥说，“第一把刀要磨亮”，又说“你要带好这个头”。母亲倚重春哥，春哥也是母亲最爱的心头肉。

父亲与母亲迥然不同。母亲独爱春哥，而父亲却始终如一偏爱旋哥。那是因为父亲的谈吐举止、性格品质，旋哥是一脉相承的。

修墓的几天，父母灵动的身影就在眼前……

百善孝为先，孝为德之本。刘氏大家庭在民俗文化、礼节礼数上的周到，当推佩嫂第一。几十年来，佩嫂一以贯之，奉行孝道，是无人替代的表率。

父母墓前，追思家教和家风。母亲的话是灵验的。春哥领头雁，带出了一个又一个作家。兄弟抱团，自有后来者。

父母亲九泉之下可否知道，子孙们承载先人的品德和品质，品质的背后有一代胜似一代的优秀传承。

茂国哥

那年，我儿临近高考，我因心境不佳，又因其他一些事由，便一意孤行，想到城里清闲几天。

那日，我十分冒昧去拜访一位老板，想沾上朋友的朋友的关系，探摸着情理中的“门道”。见面寒暄后，老板一口应允“你来吧”，心中一阵窃喜。

时隔几天，我应约前去报到。身临其境川味美食城，但见其餐饮面积二百平方米，餐桌四十几张，经营特色：正宗川味，自助用餐。时下在城里，当属“雷人”的特色中的特色。作为门外汉，老板顾念友情，安排我这个特殊打短工的人，照应环境卫生、服务态度之类的杂事。

初来乍到，想来有点感到别扭。莫名的打工，莫名的关照，莫名其妙的这般田地，心中很是郁闷。好在那些天，有人设宴款待，有人捎来烟酒，还有人送我名牌手机。亲朋故友的厚待，着实让我感到诚惶诚恐。人在窘境，许多事不得不违心而从。有谁知，我隐忍中的隐情，我的用心良苦为了谁。唯有对我关爱有加的旋哥知根知底。

有一天，背后有人招呼：“鹏德，你在这里忙什么？”我自嘲应道：“打工。”定睛一看，是旋哥的好友老朱。“说笑话，来一起喝杯酒。”“真的，我是来帮忙的。”老朱径直找到老板问个究竟。老板和老朱是好朋友。老板发话："怎么不给面子？陪哥儿们喝酒去。"席间，老朱的盛情引发出交错的友情。八人中，有春哥的同学，有旋哥的朋友，也有我朋友的兄弟。难得的氛围，印象最为深刻的倒是春哥的学友，一副金丝框眼镜，其谈吐不凡，颇有学者风度。我倾慕，他与我春哥相似，都属于才子。那晚众人散去，茂国哥却久久没有离去。

随缘的日子，茂国哥几乎天天为我找乐子。他似乎洞察我内心难以言状的个中原委和隐衷。他娓娓的话语，大到谈古论今，小到春风化雨。有一次他疏导我："人生的不得意那是暂时的，你有视野和智慧，峰回路转，是金子总会发光的。"茂国哥许多极富哲理的语言，使我得益匪浅，也使我茅塞顿开。想不到，人生低迷时，他乡遇故知。

与茂国哥朝夕相处的那些日子，如烟往事在我心头烙下了一幅幅版画。

"文革"风云变幻，大哥家庭成分不好，又有海外关系，只能恪守家训，顺从严母教诲，终日闭门不出。青春的光阴，大多是在阅读中度过的。他博览群书，通读名著，有着丰厚的文化底蕴，言谈举止，透出他博学多才的多面人生。

低调做人行事的茂国哥，也曾有过高调风光的青春年华。

寒窗泰中的三年，因其身高一米八六，被恩师相中，从此扮演篮球中锋的重要角色。那天，我随大哥去世外桃源酒家，进了店堂，我眼前一亮，古朴典雅的格局，文化气息扑面而来。这里原是哥们儿崇文者聚会的小天地。

大哥凭借其篮球球艺成为当年业界里面风生水起的一员虎将。风光的年代，大哥不由自主被借调江苏黄桥肉联厂专职打球三年有余。

才艺双全的大哥，论才，有才气，有才智；论艺，精湛的球艺，不仅仅是身高的优势，更是情商和智商的集中体现。那些年，球场上他是英姿勃发的风云人物，情场上他又是春风得意的风流才子。他的爱情桥段，演绎了一段才子佳人的故事。他的才情汇聚在生活的写真集。

从篮球场退役后，城里的朋友时不时请他担当法律工作者，诸如离婚、债权债务、合同纠纷等民事案件，一纸诉状，信手拈来，句句老到。出庭答辩，能言善辩，口才出众。久而久之，能打赢官司的口碑成为大哥身上的一大亮点。

大哥的举手投足、一言一行，都契合与生俱来的品质。他个性张扬，拥有一副傲骨。平常经常借着酒意，神侃海侃，侃得妙语连珠，侃得妙趣横生。朋友群中，大多有酒量，亦不乏有度量有墨水的才俊。他们生活得闲情逸致，滋润有余。大哥的围观者们也是颇有品位的文化人，但大哥属于一个大个子高人。

大哥，你知书豁达，你是我的唯一。知吾者，声气相通是你，肝胆相照是你，恩德相结是你。

多想让时间歇歇脚，多想让立体的画面定格在瞬间。人生难得一知己，茂国哥不愧为我亲哥之外唯一的大哥。

归者春潮

古镇黄桥地域虽小，但仁人志士、名人雅士不少，不用说蜚声国内外的名人，就连土生土长的凡夫俗子也有着不俗的一面。人流中，一副端正的面庞镶嵌着一双三角眼，健硕的身体裹着黝黑的肤色。母亲溺爱，曾经宠坏孩子；父亲失望，曾经让其放荡。他就是同流而不合污的“怪人”，一个有个性、有定力、有追求的似俗而不俗的何春潮。

那年，春潮汽车销售有限公司开业，前去祝贺的政界、工商界人士寥寥无几，真正吸引眼球的是簇拥如海的花篮，是人头攒动的围观，各式人等，男女老少。人群中点赞的正能量有之，质疑的负能量有之，“春潮不简单”，“春潮哪来的这么多钱”，复杂的春潮让人指指点点。春潮在喝彩中开张，又在质疑中应对……春潮勇立潮头，可喜可贺，然而他能不能华丽转身再创业绩，能不能打造品牌超越自我，能不能一路领跑闪亮发光，人们拭目以待。

回首依依往事，沉寂几年的春潮颇为安分，不喝酒，是酒肉朋友少了。下岗了，春潮无所事事。那一天，闲得无聊的他，一身牛仔休闲服，独自晃荡到驾校练车场，看看刚做教练的拜把子兄弟。练车场上，两人抽烟聊天，忽然两个学员为琐事从拉扯到交手，直至打得不可开交。春潮见状，挺身而出，大声喝道：“有话好好说，不要动手，谁能打跟我单挑！”果不其然，镇住两人，平息了事态。无巧不成书，这一幕恰被驾校校长看得一清二楚。喝茶间，校长问:“兄弟在哪发财？”“不好意思，我闲人一个。”春潮接话。“兄弟是否愿到我这儿来？”“校长不嫌弃，我来试试。”寥寥数语，两人谈得投缘。第二天，春潮跨进了驾校的大门。

初来乍到，校长让他招收学员。春潮许是冲动，夸出海口：“不出六个月，我能成为招收学员的大户。”校长不以为然，但看出小伙子头脑灵活，说不定是个人才。那些日子，他四处奔波，下伸农村，设置网点，定奖励，定指标，变流动点为固定点。春潮干得有板有眼，有声有色，收获了业绩，得到了赞许。

春潮不甘于跑龙套，更不愿为他人做嫁衣裳。打了一场游击战，再打一场阵地战。他决定开辟自己的天地，可苦于手中资金不足，只能花小钱办大事。他看中车站的一家烧饼店，带着小礼带着真诚，三番五次与老板商量。老板忍痛割爱让出一间门面，年租七千元，先付一半。春潮一个铜板掰着用，一块牌子，两张办公桌，四张椅子，没有鲜花鞭炮，就这样开张了。

虽有了一方阵地，但知根知底的，七邻八乡的，人们的信任度有多少？脑筋好使的春潮听说东进驾校有一辆报废的教练车，当即找到校长。那校长说：“报废车等于废铁，你买回去没有用。”他说：“我买回去，像医院挂的人体结构图，让学员学习汽车构造的基本原理。”校长觉得有道理，一口应允。春潮的鬼主意歪打正着，这辆报废的教练车派上了大用场，它在驾校报名处装点门面，显示实力，产生效应，学员蜂拥而至。

常思进取的春潮听朋友说：“扬州有辆快要报废的出租车，你买回来作教练车。”春潮手头的钱都给了妻子掌管，这几万元钱是留着盖楼房用的。他灵机一动，带着哭腔哀求 :“老婆行行好。”妻子心知肚明，丈夫自己办了驾校像换了个人似的，看在这分上，让他如愿以偿买下了扬州的捷达车。

春潮原有一辆解放牌教练车，又添了翻新的捷达轿车，小有得意，便四处兜风。此举似招摇过市，实为流动的广告。这段时光，他有意无意远离兄弟们，满脑子盘算两件事 : 广交朋友、广招学员。走到哪里都大手大脚，常挂在嘴上的是 :“有钱大家赚，有酒大家喝。”朋友们对他刮目相看，有了钱，还是哥们儿义气。论社交，春潮虽没学过什么公共关系学，却天生善于交际，他懂得整合资源，天南海北人脉广远。

那天，一次十分平常的朋友聚会，有人不经意说 :“我有个亲戚在镇江交管部门。”留意又留神的春潮眼睛一亮，顿时来了精气神，与朋友们开怀畅饮，一醉为快，两人一拍即合，第二天就去镇江拜访老乡。

到达镇江，几个老乡聚在一起，大有相见恨晚之感，共同的乡音，割不断的乡情，喝出了知音，找到了知己，撞出了知心，春潮的豪爽和真诚给人留下抹不去的印象。那天，那夜，镇江朋友重复着一句话:“你放心，听回音吧。”

回到黄桥的春潮一连数天按捺不住兴奋的情绪，一次又一次电话联系。镇江朋友多次回话 :“出差，开会，过几天再说。”似乎是搪塞之词。他有点纳闷和纠结，会不会是应了那句“酒场上喝多了话不算数”？这一等等了四个月，正当春潮不抱希望之时，接到“速来镇江面谈”的电话。有戏！他立马从宿迁昼夜兼程赶到镇江，喜出望外的他，相信这一回不虚此行。

踏着镇江热土，春潮在老乡的引领下走访了车管所交警队、警校、驾校等单位，一路走来，又都得到好心人的热心相助。于是，当机立断租下位于警校的一间房两大间宿舍，有了简陋的驾校，设一个办公室，两个男女宿舍，购置五张办公桌，十八张双层钢管床，忙得井井有条、有模有样，接着紧锣密鼓挂牌营运。

开张后，春潮为积聚人气，动足脑筋，首要策略是以低价位招收学员，以全市最低的住宿费、伙食费、报名费，树立了不胫而走的口碑，赢得一片赞誉声。随后的策略，以服务至上、诚信为本为宗旨，不断开辟资源，提升形象……

春潮人生的坐标点和转折点极不规则，他不按常理出牌，又不按常规行事，他抛物线上的跌宕起伏，如同股市风险的惊心动魄。他一路坎坎坷坷，曲折迂回，人生轨迹，有时匪夷所思，捉摸不定。

那年，春潮只身去常熟，是想寻找商机。那几天，他乡遇故知，两兄弟抱团哭过、醉过，两人肝胆相照，不亦乐乎，尽兴中，接到溧阳电话，那头“有正经事”。两人结伴，一路打的直达溧阳。因实在匆忙，两人浑然不知兜中有多少钱。两人摸着口袋，如梦初醒，身上只有五十多元。那晚两袋方便面果腹，搅醒了几天的醉意。

那一天，一碗阳春面，两袋牛肉干，四瓶矿泉水，度日如年。春潮自嘲“男人要吃得苦，抓得起放得下”，他总是能吃比别人多的苦头，做别人不敢做的事。

第二天，溧阳朋友四处张罗，招收学员的事有了着落，那朋友说：“今天中午我做东，来两杯小酒。”春潮坚辞：“这两天酒精中毒，酒不能喝了。”春潮诚惶诚恐，实在不好意思再添朋友的麻烦。一天下来，春潮成功招收学员十二人，收到报名费定金四千元。小小得意的他主动请溧阳的朋友，来了个“宁伤身体，不伤感情”，用一醉方休还足了人情。

应该说，溧阳是春潮的福地，小小的发迹是从这里开始的。在溧阳，他敢作敢为，好在他懂法，能及时修正自己冒失的错误。

事业有成的他，没有穿梭于饭局，而是低调做人做事。不管哪家亲朋好友的红白喜事，他总是奉上花篮，递上红包白包，礼仪礼节上看到他的身影，大小宴请他不占人家的席位。独特的行事风格，在当下社会十分鲜见。

春潮，父亲眼中朽木不可雕也，母亲总说他永远长不大，因他是顽童、皮王、浪子……谁能料想，他既是智者，又是“另类”。

峰回路转，激荡人生。立体厚实的春潮，顶苍穹接地气，拥抱着春风，沐浴着春光、春雨，每一天，都在细说春天的故事，故事的情节犹如涌动的浪花……

定格向日葵的遐想

金秋的一天，我捧着凯哥新作《心是一棵会开花的树》散文集，仔细打量书的封面装帧设计，聚焦一朵盛开的向日葵，煞是耀眼夺目，隐隐约约衬托着似乎数不清的含苞欲放的向日葵。

凝视片刻，没有翻看扉页，却一下子把我带到了年少无知的“文革”岁月。一首有着狂热激情的应时红歌，一句“朵朵葵花向太阳”烙印在我脑海。于是乎，朦朦胧胧，似懂非懂，总觉得天上的太阳，是地上向日葵的最爱。那一时错杂纷乱的思绪，让我注目书面的向日葵，许久不愿将视线移开……

初冬的一天，无独有偶，茶余饭后的阅读忽然让我眼前一亮：“凡·高的《三朵向日葵》至今下落不明。”他的向日葵系列作品，有《三朵向日葵》《十五朵向日葵》，原来凡·高的画语人生，感人至深地诉说着“我心如葵”，通过借物寄情，画出耐人寻味的人生心迹。

凯哥新书封面设计的创意，许是因世界名画引发的灵感，而另辟蹊径，匠心独运；许是以清新简约的立意，蕴含层层叠叠的心语、花语、物语、画语，交汇着诗人、哲人、画家、作家多重人格魅力的语意和语境，让人们假以穿越时空，去无限遐想。

凯哥的第一本书名为《黑松林，我的太阳》，寓意着凯哥心中的太阳一直在冉冉升腾，第四本书名为《心是一棵会开花的树》许是一种巧合，天地之间，一朵笑开的向日葵，与红红圆圆的太阳，有着遥遥相对的两张圆脸，两者形神兼备，天地合一，无不是从善如流，一切从圆，无不是天上人间最美好的向往。

我点赞凯哥拥抱大自然的情怀，我点赞凯哥心灵深处的绚丽多彩，我点赞凯哥豪情万丈的企业赢家本色，最为可爱之处是一串串坚实的人生轨迹。

凯哥在《事业如旅》一文中，有一段精彩的文字："人生里没有终点的旅途，事业的意义在于用恐惶着的生命意识构筑那另一个层面的生存空间。我用汗用血用心演绎昨天的故事，今天的故事，留下人在旅途那激扬与质朴的文字。"凯哥随笔的灵感，源于人生旅途，张扬的灵动，基于人生的境界。他的自我写真是："事业如旅，我不敢停留，那用汗水撰写的一篇篇艰难文字，是我'旅途'中一串串紧实的脚印，是我生命中的标点。"

岁月的昨天，凯哥于20世纪80年代初，在《泰兴文艺》发表《如此检查》，欣喜之余，他想步春哥的后尘，走文艺创作之路。春哥毫不留情一语道破："你不适合搞创作，你还是潜下心来搞技术，把攻关革新的体会和做法投稿到专业刊物。"此后，因为与生俱来的犟脾气，选择了春哥的规划安排。果不其然，小试牛刀，那篇《车刀角度的探究》如愿登上《机械工人》。车工实践中，对于刀具的淬火、角度、深度、时速等要素，他改写了不少技术参数，收获了机械事业的小成果。

那些年，凯哥成为《机械工人》的常客。无独有偶，因发表的一篇论文，他与一名犯人结下不解之缘。远在山东服刑的王建文看到署名论文，读后不解其中的关键技术要领，便抱着试试看的心态，写信求助。凯哥得知，王建文武警出身，因宅地界址纠纷，与邻里发生肢体冲突，一拳打出去，打出了一个抢救无效，成为过失杀人犯。凯哥深表同情他的遭遇，不断寄信、寄钱、寄书，勉励他早日重新做人。五年间，在凯哥情真意切的关爱中，他每每获奖减刑，典型经验广为流传。他走出监狱的那一天，第一时间千里迢迢直奔恩人。人生路上，他的新生，也是因缘而生。一段佳话，凯哥受到司法部门的表彰。

跨越化工业界，凯哥结缘《中国化工报》《经营与管理》等报刊，先后出版了叙述生动实践的《细节的响声》，书写企业文化的《心力管理》，以及展示敞亮绚丽的《心是一棵会开花的树》。

凯哥走向成功，贵在坚持。他用坚韧的车刀，雕刻出了亮亮堂堂的著名商标“黑松林”。他用企业文化打造了一个红红火火的企业。他高产的“黑松林”系列文集，印证了“毅力是不可替代的才能”。

凯哥一路兼程，他的创投精神，他的企业文化，他的人生感悟，如同一朵盛开的向日葵，永远向着太阳朝天开。因为，他心中有永远不落的红太阳，他人生的追求永远没有终点，他随心所欲的墨迹见证着每一段时光的深深脚印。

我被布巷熏染过

古镇黄桥，小巷深处，我对布巷情有独钟。

儿时，长长的布巷街路面铺满麻石和青皮石，南北通达六十余丈，面面相对的是形态多样的商铺。那时的繁荣盛景，仅次于商贾云集的东大街。

布巷南首坐西朝东的第一家，是我姨夫的“太仓肉松厂”。从小，我依偎母亲的怀抱，就有闻香解馋的口福。我喜欢姨夫李世荣，更喜欢香韵扑鼻的太仓肉松，于是乎，肉松头子和屑子成为常年的零食。五十年代，肉松可是一般人享用不起的奢侈品。

姨夫只要看到我，总是一口的“乖乖肉，肉乖乖”的黄桥方言。稍大一点，听父亲说，“姨爹学黄桥话学不像，一口半生不熟的普通话夹带着浓重的江南口音”。而我父亲凭借特有的语言天赋，学什么像什么：标准的普通话，流利的苏南话，地道的黄桥话。我打小学着苏南话与姨夫饶舌嬉闹，我那带有苏南腔的黄桥话，令姨夫听了大笑不止，“好咯，好咯”，一番花言巧语，获得肉松，讨得欢心。

当我蹒跚学步时，就知道布巷里还住着我的光头三舅舅。到布巷串门，自然有姨夫疼我，也有大把的肉松吃，但我不依不饶缠着母亲要去光头三舅舅家。是因从记事起，我就打心眼里佩服三舅舅。母亲善解我意，一句“外甥不离舅家门，四个外甥，数德德最像你”，母亲一奉承，三舅舅当即笑咪咪开讲。他讲得有声有色，活脱脱就是个说书先生。每次讲到“欲知后事，且听下回分解”，我只得噘着小嘴，依依不舍地跟着母亲回家。

童年的时光，我是听着《水浒传》《三国演义》的故事长大的。那是因为三舅舅有讲不完的故事。故事的背后是出了两个才子、一个才女。时也，运也，我是多么幸运。每年的农历八月二十九日，是一年中最为企盼的一天。与生俱来的缘分，我与三舅舅同月同日生，老猴小猴天生头脑灵活。十多年里，快乐的生日我都是在布巷度过的。

进入供销社工作，我有幸经常出入汪厚生画室。汪老不修边幅，冬季戴一顶深咖啡色呢子瓜皮帽，一件深灰色的人字呢大衣从解放前穿到解放后，破损毛边掉线的样态，应了汪老的自嘲“有了三十八个年头”。这一身行头，极像鲁迅笔下的人物肖像。

汪老膝下八个子女，其大姑娘和四姑娘与我是同事。他的两个女婿是我的同学好友。缘于此，我成为汪家的常客。汪老个性率真，性情中有点怪异的秉性，行为中又有李白作诗的酒仙范儿。每天作画，一手拿酒壶，一手执画笔。那些年，我常常聚精会神地凝视他作画的神来之笔，也潜意识地仰视他的神态，鼻梁上，一副标志性的黑框眼镜装饰着一双深邃的眼睛；岁月沧桑，满脸刀刻般的皱纹珍藏着满满的风霜。人间正道，一身风骨，体现了他坚毅的智慧人生。

汪老笔下的山水画，层层叠叠，意境通灵。我于似懂非懂之中，对水墨丹青蕴含的诗情画意也只能有一点粗浅的领略。汪老顾及忘年交，我成婚时送上一份厚礼。他将自己的得意之作梅兰竹菊四条幅赠予我，可见弥足珍贵。

四年前，旋哥欲写布巷的严永健先生，我随同寻访严老的后人。

采风时，打开严老先生一本本篆刻拓本，欣赏到第九本最后页，许是封刀之印，那最后一枚隶书方印，居然是“刘鹏德”。那年代，无人知晓，严老对我的错爱，使我终身受益。

曾记得，严老先生与我父亲乃故交好友。那时，因父亲单位常年调运生石膏，这些从山里开采出的“石头”夹杂不少宝贝。严老常来淘宝，寻觅中都能捡到青石、太湖石。几小块石头，在严老的奇思妙想中，一经巧手摆弄，便是精致玲珑的山水盆景。庭院里，一盆盆造型奇异的盆景足可以小见大，不乏青山的神韵。一棵棵海棠、桂花树，映衬着严老先生的人文情怀，陶冶着志存高远的不凡情操。

当知青返城，我幸运地顶替又顶岗，接手父亲的工作，也将父亲的专长传承下来。缘来时，自然而然高攀上严老先生。于是，隔三岔五，不由自主地往严老先生家走动，从其教诲中，略知晓盆景艺术、书画篆刻的皮毛常识。走近严老，感知文人墨客的满腹经纶，于潜移默化中身心受到浸润和熏陶。

那个年代，汪老和严老一生为儿为女，苦心恋故土，乡音偕乡情。留下憾事身不由己，不得已而为之。二老怀才，因不能远走，又岂能高飞。

往事依依，思念常在。布巷，那里有我的记忆碎片。

梦里乾坤写人生

2017年的荧屏上,《记住乡愁》热播,古镇黄桥亦在其中。片子里,有这样的特写:一位老人正在镌刻碑文,出镜的是黄桥名人丁坤生。

坤生先生与我相识于1984年3月,那年他四十三岁,年长我十四岁。他从乡下调到黄桥商业社,机缘让我俩成为同事。此君眉目清秀,脸庞轮廓分明,以貌取人,若是表里如一,必定是一个人才。

朝夕共事中,我尊称其"丁会计",缘于他从事商业社财会工作已有二十多个春秋。交往中,知晓了他的不平凡阅历。

坤生自幼命苦,十岁那年父母相继谢世,是慈祥的姑母一手把他拉扯大。十四岁学生意站柜台,练就一口清的心算,打得一手好算盘,机灵,是其与生俱来的天赋。

坤生十六岁参加工作,分配到九成(横垛)商业社干营业员,他是游刃有余,这行当他打小就是出色的"小掌柜"。领导觉得是一块好料子,他有幸被推荐参加县供销社会计培训班。坐在课堂上,坤生内心充满着焦虑和不安,他担心一个小学毕业生哪能成为一名会计。功夫不负有心人,他苦其心智,加倍苦学,终获会计资格证书。

有了会计的身份,他成了一块砖,哪里需要哪里搬。二十几年间,他辗转古溪、元竹、三里等商业社当会计。坤生为人憨厚实诚,顾全大局，服从调配，从不讨价还价。因他温和敬业，身具温良恭俭让闪光点，也为日后铺就了通达顺畅的人生大道。

人生有顺境也有逆境。坤生五十五岁那年，遭遇了人生第一次曲折。下岗后，一生未有的闹心和烦心事集结一身，他一时找不到谋生的出路。

苦闷的日子，他练习书法，拿起画笔涂鸦，于悠悠平淡中，寻找闲情逸致的平静。他每临大事有静气，修炼得心静如水。

且看丁先生营造的小小庭院：一座假山，高度不足四米，山头极似恐龙，一副昂首向天的形态；山间有浓缩的张家界景观；山石陡壁处嵌有几尊佛像；山腰有绵延起伏的城墙。丁先生说："那远古的恐龙，可以神思妙想穿越时空，让人拓展思维空间。佛像，有意而为之，妻子常说，佛光普照，好运滚滚来。"

那天，我和丁先生伫立庭院中，倾听着他神侃自己营造的意境。视线移到了花卉盆景前。他笑谈："我不比花友们，一到花期千姿百态，争相斗艳。我只有老根黄杨，一年四季犹如孔雀开屏。画菊和山水是我的最爱，书画与石刻是我一生的痴迷。"

把酒对饮时，丁先生乘着兴致，拿出十几张菊花画，让我大饱眼福。画面上"舞红袖""紫观音""白毛凤"各种名菊几可乱真。兴致所至，丁先生吟诵自己创作的《菊花赞》："秋菊怒放花蕊大，我画秋菊赛名花。花开花谢总有时，笔下妙生姐妹花。"小酌一杯酒，他又拿出三代养花后人莫元成先生写的《赠丁公》，诗云："傲霜秋菊入图画，八十老翁志趣佳。菊盛堂中若展示，来人见画不看花。"

自得其乐的时光里，丁先生的书画也有了大的起色。左邻一位老者谢世，人家仰慕他的书法好，请他在水泥墓碑上刻碑文。他先是一愣，回过神转念一想，何不小试牛刀？他骨里巧的灵性使然，还真像模像样将墓碑刻好。

无独有偶，时隔不久，右舍一家又有一位老人谢世，人家找上门，丁先生一口应承。一手漂亮的楷书，剔凿得深浅有度，比第一块墓碑刻得更好。

如此一来，小巷深处口口相传，慕名而来的人日益增多，他成了有名的碑刻匠。

丁先生人品好，手艺好，这个活儿一发不可收。他灵机一动，触发了以此为主业的想法。当时，已有人家从外地订制大理石、花岗岩墓碑。他当机立断，考察江浙的墓葬习俗、刻碑风格，决意将中高档石材引进本地。万事开头难，各种石材，特性各异。边角料上，大小凿子，叮叮咚，咚咚叮，手上有青有紫，有血有泡。妻子说："早知你是石匠，打死我也不嫁给你。"丁先生会心一笑："匠人，只要有匠心，行行出状元。"夫妻俩于默契的恩爱中，演绎了趣味的经典。那是舌头与牙齿的错乱，那是铁锤与石头的错乱，那是凿子与指头的错乱。妻子于心不忍："要做石匠，你就找个帮手吧。"说者无意，听者有心，坤生豁然开朗，流汗，流血，双手满是老茧，有了石刻，岂能偏废书画，一生的三个乐趣，一个都不能少。丁先生早就想着新玩意儿，要么就搞人无我有的电脑数控石刻机。

有了妻子的支持，有了机器，丁先生没日没夜地干活，大批量生产制作碑刻，又潜心创作了许多人物肖像画。见诸报刊的有《鲁迅》《陈毅与齐白石》；在家乡古镇，有《黄桥文明桥碑记》《重立顾孝子碑记》。2000 年重建的福慧禅寺，大佛奠基铭文二百多字、庙宇牌坊"福慧禅寺"，都彰显着丁先生的刻字功力。

2006 年 12 月 12 日，丁先生耗时一年的《黄桥古貌图》成功问世。多家媒体闻讯而来，相继报道《大型石刻再现历史黄桥》。

美哉,《黄桥古貌图》！于有限篇幅里，惟妙惟肖地刻画了市井人物一百有余，古雅的建筑群落，古朴的福慧禅寺，古典的石拱文明桥，水岸人家守望二十四座桥，商贾商贩集聚街巷内外……好一幅黄桥的《清明上河图》。

石刻画，或刻，或剔，或捻，或磨，其刀法深浅有度，游刃有余。心动与灵动、灵感与灵气的极致释放，方能赋予作品的灵与魂，达到艺术的诗画境界。

《黄桥古貌图》是丁先生的得意之作，亦是其代表作。

亲近文艺二三事

2018 年炎夏的一天，黄桥东街小学的一场诗词朗诵会上，我与泰兴市音乐文学协会会长张海不期而遇。如若不自我介绍，张会长已是对面不相识了。

说起那一别，想不到阔别三十余年未谋面。印象中，只是从刊物文集里见字如见面，拜读过张老师不少作品。每每读来，作品如人品，功到自然成，细读品味，悟出作品的沉甸甸的分量。

那天，张老师紧拉我的手，“鹏德，我又看到你的文章了”。张老师一句慰藉的话语，一扫我满脸的窘相。

眼前的张老师神采奕奕，容貌未改。遥想当年的张老师，依依往事，历历在目。

1983 年初冬，我有幸参加县文艺创作学习班。月光下，一次回味悠长的深谈，着实让我得益匪浅。

那夜，我与张老师从马甸闸口，沿着长长的防洪大堤并肩信步。我心知肚明，张老师有意而为之，专门开“小灶”辅导文艺创作，为我打开了话匣子。

“要想搞创作，必须多读书。搞小戏曲创作，要有诗词功底，诗词创作，写诗要比写词容易些，一个诗人能出好几本诗集，但一个词作家能出好作品是很不容易的。”张老师讲得我一头雾水。

“张老师，你写的诗词我蛮喜欢的。”

他面带笑意摇着头：“写诗也罢，我写词已痴迷到误入歧途，写得不少，刊用很少。”

“你过谦了。我早听说你是泰兴名家中的高产户。”我不由自主由衷而说。

“著名词作家阎肃写出大部头歌剧《江姐》，那一段段经典流传的好歌词实属不易。”张老师极为推崇大家，可见深厚的文化底蕴。

“鹏德，你有得天独厚的条件，你春哥是你最好的老师。”此言鞭策有声有力。

“走近文艺，你就是我的良师益友，我心底里认定了你张老师。”

“你酷爱文艺，只要努力，就能写出东西。”一席话深深地触动了我。

那几天，我写了一首歌《春天在纺织姑娘心上》，有两句还记得：“姑娘汗水如春雨，春雨浇开百花香。”我知道，写得无韵律，无意境，实属一首“废品”，可张老师看到后，亲自润色，还悄然请人谱曲发表在《泰兴音乐习作》上。张老师用心良苦，对我寄予希望，我却知难而退，由此便打消写歌词的念想。

那年，我写了一个表演唱《卖鞋曲》，又是张老师亲自操刀打磨，得以发表在《泰兴文艺》上。半个月的学习班，我从张老师的言教手传中收获颇多。

说来惭愧，张老师力荐我加入泰兴县文学艺术联合会，可我身为会员却拿不出作品来。纠结的那些年，诚惶诚恐，也没有直面张老师的勇气。屈指一算，时隔三十六年，与文艺园地渐行渐远，既成了文艺的“文盲”，又一如文化的“门外汉”，以至于望文兴叹，徒生出些凄怆。然而内心深处，又何尝不想捉刀舞文留下墨迹书香呢？

每每想起张老师，也许我那被勉励出来的几篇习作，是我梦想初始溅出来的一点火花，而如今不敢奢望从头越，我只是想吐露心声：张老师我好想亲近你。倘若重拾旧梦，酷爱文艺，爱就爱到底吧！

印达速写

沙志龙，泰兴市曲霞镇印达村党总支书记。清瘦的脸庞，一双炯炯有神的眼睛，眉宇间镶嵌长长的浓眉。此君，眼熟于荧屏上的公众人物，初识于宜居的富泰华庭。因他夫人与我老伴常在一起陪伴同龄的孙女儿，缘来结出一段姐妹情。

金秋时节，我和老伴如约来到印达村，当伫立于印达休闲广场中央，环顾别具风格的乡村景色，那绿色丛中的十二生肖灯饰十分醒目，清新的风貌令我顿觉耳目一新。

一座庄稼人饭庄，摆放着城里不多见的八仙桌、长板凳、美人椅、雕花茶几，一袭素淡中透出本色的自然木纹，一如刚擦拭过的老家具；幽雅的布局，菱形花格窗，窗外一簇一簇的翠竹，阳光下倒映着稀疏的斜影，颇有苏州园林的味道。

攀谈中，沙书记情不自禁道出他的人生轨迹：“我先后进出印达村三次，曾就职过镇工业公司任经理，也干过镇党委副书记，然而心中梦牵魂绕始终眷恋印达的热土。”

当与沙书记并肩散步村头，脚下，一条绿荫大道，曲径通幽，宽有两米余，通达两千余米。道路两旁银杏、樟树、桂树成林，映入眼帘，遍地花草芬芳，青青植被掩饰着一颗颗如宝石般的草坪灯。不远处错落有致的草坪音响，伴随清风送来悦耳的轻音乐，此番乡村创意十分鲜见。

耳畔传来沙书记的画外音："没有文明人，就没有美的家园。想当年，我身体力行，拿扫帚，扛铁锹，挨家挨户，苦口婆心，从小事做起，凝心聚力，治理难以治理的脏乱差。从大处着想，用身边的故事教育人，用模范的形象感染人，用英烈的精神鼓舞人。组建的村文艺演出队自编自演的《婆婆也是妈》《今朝农村美如画》，好戏连台，净化了精神家园。以烈士英名命名的印达村，传承红色基因，建红色党建讲习所，宣讲中国梦的正能量；建'德法'讲习所，于润法细微处，将《二十四孝》深入人心。追梦人有了开明的思想，就有了开阔的视野、博大的胸怀和奋斗的精神。随之而来，搭平台，求贤若渴，引人才，谋划规模农业。通过流转土地，建成葡萄园和草莓园。顺乎自然，将河塘建成休闲垂钓中心，将闲置的农舍改造成农家乐。以农为本，整合资源，实现农产品物联网的线上线下的深度融合。以原生态为根本，打出印达民俗文化的组合拳，全面打造美丽乡村。"

沙书记引以为豪的是以灯文化为载体，打造了一个"不夜村"。灯节是印达的名片，一串串的"飚灯节""河灯节""节庆灯会""元宵灯会"，是一道道炫目的亮丽风景线。不夜村里，万余盏现代与传统的灯饰，到处火树银花，流光溢彩。

沙书记于情动处噙着泪花敞谈："八年前，我们村里几个志趣相投的老中青抱团取暖，凭着坚韧不拔的意志，用心用情点燃了印达村的灯的世界。"耳闻目睹，夜幕下，荷塘月色，满天繁星倒映水中央。河面岸头，熠熠生辉的一盏盏荷花灯相映成趣，满眼华灯齐放，枝头星灯闪烁。大路朝天，村头"双龙戏珠"的大型灯饰格外抢眼。这里人头攒动，游人如织，聚焦的那一刻，人们在闲情逸致中放飞心情，留下一张张、一段段美妙的映像。不夜村里，慢镜头留住美妙夜景，慢节奏轻踏乡村舞步，慢生活尽显时尚元素。

乡村振兴，文明先行，如今的印达村“水清岸绿树成行，大路小路亮堂堂，环保意识数好样，文化看戏不出庄，娱乐健身到馆场……”

印达的农耕文化体验园，布展了传统的农耕器具，一座座手工粮油坊、煮酒作坊、豆腐坊、碾米坊，还有让人可触摸的磨盘、可旋转的水车，让游人有着别样的趣味体验。

依依话别时，夜色中沙书记微驼的背影，依然迈着奋斗者不停歇的脚步。一个筑梦人，一位优秀的共产党人，为追逐梦想，用心血和汗水书写美丽乡村的图腾美景。

印象东大街

千年古镇黄桥，沉淀的历史文化底蕴厚重，传承的小桥街巷古韵犹存。记忆中，每当一次又一次走过东大街，那临街的古宅老店，望不到尽头的青石路，烙下了抹不去的印象。

东大街长达二百五十余米，宽四米有余，青石路面的凹痕深浅不一，那是车轮碾过、行人踏过，久而久之抛出的一道道光亮。东大街曾为黄桥战役淌过人潮流动的支前洪流，黄桥烧饼的香韵每天从这里升腾飘逸。

追溯历史，东大街是黄桥大街小巷的中轴线，是商贾云集、百年老店林立的繁华中心，是镇上四通八达的水陆要地。

1949 年 10 月 1 日，东方拂晓，东大街一片锣鼓喧天，人们载歌载舞，庆祝中华人民共和国的诞生。满街的人群簇拥得水泄不通，喜逢盛世的东大街，商家门脸油漆一新，家家户户门前的国旗迎风招展。那时听老前辈讲："东大街容颜焕发，是大姑娘坐轿子——头一回。"

谁能料想，岁月沧桑，东大街愈显苍老，沉寂的街巷背后，时不时怨声载道。多少年的境况令人唏嘘不已，古街依旧面貌未改。

1978 年初，黄桥来了一位儒雅的书记，看上去似文弱书生，却是一员虎将。谁也没有想到新来的翁青书记独具慧眼，聚焦东大街，他反反复复步行东大街，体察临街破落不堪的门店。其景况，有的依然像模像样，有的小楼鹤立鸡群，有的老屋东倒西歪，一大片棚户区目不忍睹，一团糟的脏乱差让人大跌眼镜。

那年，党委会上翁书记大胆决策，敲定拓宽东大街。镇上老毛秘书一激动，传出话来："翁书记真不简单。有胆识，有魄力，黄桥时来运转。"好一个远见卓识，群众热烈拥护，书记一声喊到底。东大街家家户户，没有人刁难，没有人讲价钱，也没有什么绊脚石。拓宽东大街，成为黄桥人无条件服从政府的自觉行为，充分体现出黄桥人识大体顾大局的优良本色。

万众一心，一年苦战。一条横贯镇区东西的石子大马路露出了敞亮的胸膛，从此黄桥老街有了车水马龙的欢腾。

想当年，翁书记为黄桥人民谋福祉，谋到了点子上，想到了人心上；办实事，办了前人没想没做的大事。他是拓宽改造东大街的第一人。如果说此举留下遗憾，不如说留下的却是承上启下的大伏笔。如果没有前人开路，怎么会有后来居上的大写的人。

1998年春天，新一届党委书记唐勇兵众望所归，不负重托，给人以耳目一新的形象。

那些日子，他大会小会演讲黄桥的历史文化，抒发黄桥的人文情怀，激励黄桥的红色精神。他事必躬亲，亲临东大街的每一家商铺，亲闻小巷深处的每一个故事，亲近百姓的每一个诉求。他以一介平民的姿态，骑着一辆自行车，踏遍黄桥的每一个角落。他用亲民、亲和、亲善和务实、求实、落实的工作作风，全身心融入黄桥建设中。有人问："你是谁？"他笑答："我是唐勇兵。"有人说："你不像书记。"他笑道："我是黄桥人。"

那些日子，街谈巷议都说唐书记没架子，“黄桥来了与众不同的书记”。也许是历史的巧合，唐书记睿智的眼光与老书记不约而同聚焦东大街。曾经，二十多年无人问津的东大街是老书记未竟的事业，也是历史进程中的无奈和遗憾；正因为留下的遗憾，才会有接棒人挥洒自如的空间。

那些日子，因势利导，也因唐书记的果敢与胆魄，他身体力行，不分昼夜，率领一班人与黄桥人民打成一片，掀起久违的建设黄桥的新高潮。

一出重头戏。政府没有钱，创造条件上，自筹资金，克服重重困难，决意兴建一条黄桥前所未有的崭新大街。

勇者改写历史，让历史的东大街优雅转身为东进商业街。旧时老屋旧宅的居民住上了新楼，干事创业的能人有了商铺，百年老店焕发了青春。这里，每一幢高楼似乎都有一个故事，每一块金字招牌都有一个传奇，每一方热土都见证了黄桥的昨天和今天。

作为一个土生土长的黄桥人，东大街是我童年和青春眷恋的老街。历史的变迁，我身临其境，亲闻目睹。这条街，有我熟悉不过的裕泰和、仁源生、美味鲜，还有我工作过的第一副食品商店。印象最深刻的是原址复建的福慧寺，它是黄桥人曾有过的阵痛，它让黄桥人在老街的演变中找回了自信。

往事依依，一条东大街曾经伴我成长，一条崭新的东进商业街，让我见证了黄桥昨天铸就的辉煌。忘不了前人共筑一条街的动人故事，忘不了好手笔绘制的斑斓画卷，忘不了黄桥历史文化长河中的美丽传说。

表哥春苏

去年仲夏，我与表哥何春苏相约访谈，每每假以茶座，品茗聊天。人到晚年往往喜欢回忆，渐渐地，我对其人生经历有了详细了解。

春苏这一生，笃行教书育人。他为人师表，是教育界一棵长青树，是名副其实的语文名师。

春苏是家族长孙，幼时又白又胖。奶奶宠爱他，未出阁的小姑姑疼爱他，小春苏如同泡在蜜糖罐子里。

好景不长，六岁那年，他爸因肉铺生意红火，愈发看不顺眼我的三舅母，动起歪脑子，有妻室儿女还想另砌灶炉。

春苏溯及往事："父母相亲，是在药店店堂。父亲在柜台外，母亲白皙秀美，站在柜台里仪态大方。聪明灵活的父亲，一眼相中貌美如花的闺秀。婚后，父亲梦醒之后似有悔意，一念之差，自己娶回来一个又矮又小的小脚美人。父亲心怀不甘，渐渐萌生了纳妾的想法。"

我的三舅舅，即春苏他爹，有了新室。失宠的春苏爱听奶奶的话。奶奶常叮嘱："苏儿，一定要好好读书，为何家争口气，千万别学你那狗肺狼心的爹。"奶奶的金玉良言，是春苏心中一盏明亮的指路灯。

从小春苏与母亲相依为命，母亲的慈爱，奶奶的宠爱，还有小姑姑的疼爱，都是伴随他成长的精神动力，他从小就渴望读书。每当开学，春苏总是看着父亲沉下来的脸色拿回学费。有一次，母亲嘱咐他："你爹做生意时，千万不要开口要钱，多等会儿不要紧。"可那一次，他爹许是心情不好，竟把儿子当乞丐，将两个五分硬币扔得远远的。春苏噙着泪花，俯身捡起屈辱的钱。"那种心情我对谁说？我藏在心里一直没有说。"苦难，是他立志奋发的动因，也使他日后励志成材。

小学六年里，春苏品学兼优，喜爱语文近乎痴迷。1947年秋，春苏升入泰兴中正初中。从小懂事、有骨气的春苏，难忘父亲难看的脸色。上了初中，为省下每一分钱，他只买理科书，自己抄写语文课本。苦学的日子，夜里少不了一盏油灯。为省灯油，母亲常催他早点休息。生性倔强的春苏，一时心口添堵怄气怄人："我不是省油的灯！"多少个深夜，常常是油灯烧了眉毛又烧头发。

后来，中正初中因故停办，春苏就此失学。遭遇突如其来的变故，他没有向命运屈服。他无力异地求学，只能以坚韧的毅力，拜师求学修完初三课程。到了升学季，他带着真诚的心，挂着一副泪奔的窘相，博得学兄的同情和理解，讨回一张原本不属于他的初中毕业文凭。

难忘1953年招生季，春苏只身来到南京，跨进南京机械学校。人头攒动，胜出的概率微乎其微。转身走进南京工程学校，那里更是人山人海。焦虑中，他想到了南京地质学院。果然，那里门可罗雀，春苏心头一亮，开弓没有回头箭，这才果断报了名。

临考的前三天，春苏囊中羞涩，没地方投宿，手中拎着小姑姑送给他的黄帆布旅行包，走到校园围墙外，抬头一看，一杆路灯的编号是66号，六六大顺。就这里了，安营扎寨。白天，饿了啃两口黄桥烧饼，渴了喝两口用盐水瓶灌的凉开水。夜里，春苏借着路灯微弱的亮光复习功课。难熬的下半夜，他俨然是一尊盘腿而坐的苦行僧。他不敢丝毫懈怠，心中只有一个念想：豁出去了，一定要考出好成绩。

回忆起那一幕，春苏语气凝重："六十六个小时没有睡，不敢睡！"

七十年前，春苏那不眠不休的六十六个小时，是激情燃烧的青春火焰，是青春励志的开篇佳话，是刻骨铭心的人生历练。

考试那天，处于亢奋中的春苏，临场发挥得心应手，自己颇感满意，稍感不如意的是最后一道 14 分的数学题，有点拿捏不准。走出考场，春苏浑身散了架，艰难地回到 66 号路灯下，想喝一口水，却无力打开瓶上的橡胶塞子，眼前一片漆黑便晕了过去。幸好监考老师路过，遂将他安顿到学校食堂。春苏因祸得了口福，又是补水，又是进食。一顿饱餐，让春苏恢复了常态。缘来，生出一段师生情……

那年代，省级考生的榜单都刊在《新华日报》上，台风季节长江封江，迟迟看不到榜单的春苏备受煎熬。当有一天见到榜上有名，春苏非常兴奋，事后还知道最后一道数学题居然做对了。几百个考生，录取六十人，他是一个幸运儿。

考取南京地质学院，春苏喜忧参半。喜的是他是何氏大家庭走进高校的第一人，忧的是家境清贫不堪重负。困难面前，春苏笃信走一步是一步，没有跨不过去的坎。

第一学期，春苏崭露头角，一手的好楷书，一手的好作文，各门功课成绩名列前茅，深得老师赏识。班主任方老师，复旦大学高材生，三十出头，扎两条马尾辫，黝黑的脸庞，左眼上方有黄豆大的疤痕。其貌不扬，调皮的学生戏称其"疤眼儿"。每闻此言，春苏虽然面露怒色，也是敢怒不敢言，只能用鄙夷的眼光瞧着他们。他怎么也没想到，方老师辛勤耕耘，尽力讲好每堂课，到了期末考试却遭遇荒年，班上化学成绩大多不及格，唯有春苏独占鳌头考了满分。春苏明知个中原因，同学们以貌取人小瞧方老师，上课漫不经心，才导致发生异常现象。

第二学期，春苏带着母亲东拼西凑的学杂费到校报名。令春苏大感意外的是，方老师已全额代缴了学杂费。那一刻，感动的泪水夺眶而出，他心中走进了一位知遇恩人。

平时，春苏对同学们以诚相待，处处善解人意，赢得了大家的信任和赞许。同学们对方老师有了新的认识，也有了令人耳目一新的学风。正当学业顺风顺水之际，天有不测风云，由于时代的局限，历史的误会，春苏没能在地质学院修完学业，黯然神伤，离开了求学的悲喜之地。

回到老家，春苏既没有消沉，也未言放弃。他一头扎进书堆里，孜孜不倦地走向自学成才之路。

20 世纪 50 年代初，黄桥地区师资稀缺，春苏退学的身份不为人知。他从南京求学归来，一身书生意气，当属青年才俊。经有识之士举荐，春苏于 1954 年 9 月就职黄桥东街小学，任语文老师。三年间，春苏如鱼得水，机遇给了一个有准备的人。

那天上午第二节课，春苏上六年级语文课，讲的是《我的伯父鲁迅先生》。他侧重讲了鲁迅是文坛的一面旗帜，他的作品有很强的时代感，他爱憎分明，不畏强权，始终为人民大众呐喊。

这堂课的最精彩之处，恰巧被检查工作的人听到。县文教局的叶股长，悄立于窗外听了半堂课。

消息不胫而走，何春苏讲课形象、生动、引人入胜，分寸把握恰到好处。他经常说："备课是讲好课的关键，讲课切忌干巴说教，不能拿着课文读，更不能把语文课上成政治课。"

怀才遇伯乐，春苏被选为优秀教师，出席泰兴县文教体育群英会。随后，又被提拔为黄桥镇东场小学教导主任。

当年，东场小学是全镇规模最小、条件最差、生源最差的小学。上任后，春苏起早摸黑，工作兢兢业业、面面俱到。仅仅两年，学校面貌焕然一新，教学质量跃居前列。小试牛刀，初露锋芒，春苏成为教育界的一颗新星。

四年后，春苏调任黄桥西街小学任教导主任，全校二十二个班。他一边亲自授课，一边倡导集体备课。同事之间相互借鉴，扬长避短，调动各方积极因素，各年级教学质量普遍攀升。因工作出色，春苏被县教育局树为先进典型。此间，他笔耕不辍，还发表了五十多篇教学论文。

1981 年夏，泰兴教育局举办暑期培训班，局领导指定何春苏作小学算术备课指导讲座。一个擅长语文教学的人，跨行作算术教学专题发言，无异于赶鸭子上架。他埋头耕耘一个通宵，第二天就站在讲台上作了题为《小学算术应用题怎么教》的讲座。“做每一道算术应用题，首先是审题，如同写作文看到题目就要审题；接着看清哪个是中心题，哪方面是关键题；只要每一个步骤不错，答案结果就不会错。”正所谓隔行不隔理，四十分钟的精彩演讲，让春苏在掌声中又一次赢得一片赞誉。

春苏是个多面手，既是教学能手，又是写作能手。20 世纪 70 年代中期，他曾是黄桥镇人民政府的编外秘书。那几年，书记和镇长的各种报告和讲话稿，大多出自其手。

平日里，春苏宽厚待人。殊不知，他骨子里于隐忍中是有傲骨的，不向命运低头，也不屈从权贵。他一心执着于教育事业，交友甚少。一位交了十几年的文友，由于春苏文品如人品，直抒胸臆敢讲真话，闹得不欢而散。那位文友在本地文艺界有点名气，擅长戏曲、杂文等，其不少作品春苏大多给予好评。一次，这位文友将其散文《赏黄桥八景》径直寄给市委书记。书记阅后未置评，交由秘书转报社。报社领导误以为是荐稿，将其发表。春苏得知原委，一脸认真不留情面："讲真话，这篇散文不敢恭维，是一篇无厘头的散文，充其量是一个形散神更散的文字游戏。"文友大为不悦，扬长而去。

春苏一介教书匠，以坦荡正直为本色，以专心研教为本分。东街小学、东场小学、西街小学，差不多三五年就换个环境。他一如既往，服从调配，从无怨言。

1981年秋，时年四十八岁的春苏调至黄桥中心小学，职务依然是教导主任。并非与校长位子无缘，而是他多次甘愿让贤。20世纪80年代末期，分管教育的朱镇长赏识德才兼备的老教导主任，有意而为之，提名将国务院特殊津贴给何春苏。那些天，春苏又欣喜又感动。走程序，填写申请书，召开座谈会，万事俱备之时横生枝节，有人意欲竞争这个名额。朱镇长权衡再三，十分遗憾地放弃了名额。春苏识大体，顾大局，坦然面对，心态如常，更让同事们多了一份敬重。

在日后的工作交往中，朱镇长怎么也没有想到，一位几十年的老教导主任居然还不是共产党员。他来找春苏谈心，沉默多年的春苏打开心结道出实情："种种原因，纯粹是托词。有人忌妒我荣誉多、名气大，长期明里暗里挤兑我、束缚我。说掏心话，我入党的愿望是强烈的。我始终觉得，我忠诚于党的教育事业，其实就是党的人。"一次在党的民主生活会上，朱镇长发声："何春苏同志，几十年忠诚于党的教育事业，我们没有理由让他站在党组织的大门外。"正直的党员纷纷发表意见。有的说："论荣誉，何春苏是墙里开花墙外香。他是作文教学能手，拿了安徽教育出版社'伯乐奖'，是贵州《导读报》特约编辑，是上海《作文园地》作文指导老师。"有的说："何春苏不愧是语文教学名家，他辅导的优秀作文在报刊杂志发表五十余篇，不少学生在地区级、省级乃至全国屡屡获奖。”一番热议，终成定局。那一年，春苏入党如沐春风，终于如愿以偿。春苏郑重地说：“我一生的追求是教育事业，我最大的愿望是成为一名优秀的共产党人。我人生的重大转折，一是遇见县文教局的叶股长，二是相遇朱镇长。”

园丁耕耘，师生情未了。八十八岁的何春苏，生命里坚守教书育人的理念，其生命的长度在风雨无阻的长跑中延伸。不知多少回，天公不作美时，总会有学生及时送上伞，或是撑开伞把他送到家。

离开教学岗位的二十八年间，春苏退而不休，身前的讲台，背后的黑板，还有夜里挑灯工作是他的最爱。暑期寒假，慕名前来听课的学生济济一堂，他从无奢望，不图回报，乐此不疲，用教鞭甩出桃李芬芳，用红笔润色出一篇篇优秀作文，用情怀拥抱挚爱的教育事业。他循循善诱：“三分写作，七分阅读。阅读是写作的前提，写作是阅读的结果。坚持读书，终生受益。”

行文至此，有一个谜底可以解开了。上文所说的最疼爱春苏的小姑姑，就是我的母亲。

提及我母亲，春苏动情地说：“我去南京报考时，小姑姑送了一只旅行包，包上有‘一帆风顺’字样，寄托着小姑姑的殷切希望，给了我无限温暖和向上的力量。我去上大学，小姑姑把陪嫁的新棉被送给我。我有了小家，有了烦恼，都是小姑姑处处关照。她是长辈中最爱我的人。”我打断春苏还想娓娓道来的话语：“大哥，我知道，我是听着母亲的故事长大的。”大表哥开怀笑了。

往事重提，我心知肚明。母亲善待春苏，是为我们兄弟四人立人生标杆，树人才榜样。母亲爱才惜才，希望我们以春苏为榜样，成人成材。可不是吗？春苏的三个表弟，先后成为作家。

行者无疆，步履铿锵，教书育人、献身事业的春苏，一路行稳致远。

仁心厚德两厢情

我的母亲虽说文化程度不高，但聪慧过人。她治家有方，四季的转换节俭有余；教子有方，所生四个孝子还有些出息；交往得体，是名副其实的好嘴巴子。

记忆深处，我既为母亲于平凡中的不平凡而备感自豪，也为母亲铸成大错的固执深感遗憾。不可想象，她对生命的态度，她近乎古董般的生命理念，有着不可理喻的谬论："我不'吃刀鱼'，我要有一副完整的身体到天堂。"吃刀鱼，是开刀做手术的隐语。有了这无厘头的怪论，才为自己的身体埋下了祸根。每当怀念母亲，我又情不自禁想到两位富有仁心的周先生。

母亲曾为闺秀，因爱才，嫁给一贫如洗的苏南人。出嫁后，迫于生计，以孱弱的娇体，用原本十指不沾事的双手，硬是靠一副货郎担干起了摊贩营生。

母亲，一个貌端白皙的讲究人，经不住风吹太阳晒，没多久眼角处爬上了鱼尾纹，宽额上多出了几道抬头纹，满脸烙上了沧桑。最难熬的是三九寒冬，天气冷，伙食差，衣衫薄，满腹苦水在体内上蹿下跳，常常吐出一口又一口酸水。日积月累的轮回，慢慢催生出常人常见的胃病。

记得上小学二年级时，因母亲喜欢我机灵嘴乖，特意交给我一份美差。可美滋滋的我哪知五分跑脚钱的背后，正是母亲犯胃病的节点。打那以后，请名中医周伯歧老先生到我家都有我跑腿的份儿。

周老先生浓眉大眼国字脸，谈吐举止颇有儒雅风度。邀请到家未等茶水沏好，一落座便直奔主题询问我母亲的病情。接着伸出白皙的大手，四指诊脉，问病情，看舌苔，量血压，便开出龙飞凤舞的处方。周先生嘱咐："风寒伤体，冷食伤胃，饮食起居不可着凉。"其实这些道理母亲都懂，可是生活所迫，为了养家糊口，她只能站在风口经风雨受寒冷。

我从小看到周先生与我父亲交情非浅。周先生曾说："弟媳妇落下胃病，是风寒受足，她白天摆摊无暇去医院，你我兄弟不必客气，只要犯病叫德德捎个信就是。"立于一旁的我心中窃喜，连忙给周先生加茶水，以谢先生记住了我的小名。那些年，我是周刘两家跑腿的小信使。周先生爱茶，每当春茶上市，我父亲第一个想到的人是周先生。记得有一次，两人品茶论道饶有情趣。周先生讲到苏州碧螺春，此茶采摘于早春，其形，状如洞庭湖的螺蛳，其色，润泽嫩绿碧青，因色香味形俱全，故名碧螺春。我父亲接过话："浙茶有入口清香的好茶，龙井茶入口浓香回味悠长，这茶名起得简白，以地名为茶名。"两人常常话题转换，无所不谈。

听父亲讲，周伯歧老先生是靖江季市人，世代行医，他是第三代传人。周氏中医世家，后继有人，长子周祯祥从小随父学医，从医学院毕业后，十分幸运地接棒周老先生。

记得那一天，我照例遵命去请周老先生，却不知周老先生刚退休。跨进周家门，尊一声"周先生"，周老先生应声指着我说："祯祥，这是刘家小四子德德。你知道两家的交情，以后德德母亲的胃病你必须上门诊疗。”于是拜见小周先生，我喜笑颜开，还是请的周家的先生。

20世纪80年代初，周祯祥先生成了我家的家庭医生。我母亲的胃病，从问诊、开药、医嘱，至每一个疗程，周先生都十分上心。我们全家也格外尊重新来的周先生，母亲时常说：“有其父必有其子，小周先生的举止谈吐，像极了老先生。”

周先生一表人才，品行气质俱佳，越看越像周老先生。细节处，问诊、把脉、看舌苔、量血压，如出一辙。稍有不同的是，周先生有时会开出两张处方，一张抓药处方，一张制膏处方。不出一年，许是双管齐下的妙用，母亲的胃病大为好转，久病的母亲，由缓解到控制病情，有了甚佳的疗效。

我高中毕业，政府动员上山下乡。我一根筋到底，来了个死猪不怕开水烫，做了回逆子：“谁也做不了我的主，我哪儿也不去。”我偏激的举动，大伤母亲的胃气，母亲气得旧病复发。在全家人的指责中，我也慌了神，念及母亲的病情，我又做了一回孝子。

自从母亲犯病后，十几年间从没有消停过。每当母亲胃部稍有不适，只要服用周先生开的三剂方子，必定见效。遗憾的事还是悄然而来，母亲于1984年3月被确诊为严重的十二指胃溃疡，且病灶位于胃部小弯处，专家认为此处癌变概率大，需手术治疗。闻讯后，我们兄弟四人岂敢懈怠。几经张罗，决定手术治疗。可母亲极为固执，坚决不做手术。她有她的歪理：“你们都已成家立业，我也卸了担子。我不‘吃刀鱼’，我要有一副完整的身体到天堂。”我们都知道，谁也拗不过母亲，这就是母亲特有的个性。

我母亲生来不信西医，更忌讳手术治疗。她信得过的当是两位周先生，心目中视为两位贵人。20世纪80年代中期，我与周祯祥先生十分投缘，居然学着父辈的样结交为挚友。从某种意义上说，他也是我的一位贵人。

1984 年初春，我参加县里工作队，有幸留在县供销社企业整顿办公室做联络员，主要了解指导黄桥区和古溪区的企业整顿工作。第一站古溪供销社，那天工作很顺利。返途中，突发胃病并出现吐血现象。第二天我径直找到周先生，经胃透拍片确诊为急性胃炎，严重胃下垂。周先生开过处方后叮嘱："鹏德，这次进工作队可遇而不可求，机会难得，你一定要挺住，不能误前途。"周先生的金玉良言，给了我足够的信心。三个月里，我每天按时服中药，到基层供销社工作，口服周先生特制的中药膏。那些天，我抱病工作的特殊情况，周围的领导和同事无人知晓。在我人生关口，多亏好友周先生施以援手，神奇地治愈了我的病，我才有了一段"柳暗花明又一村"的前程。

1988 年 11 月，周伯歧老先生乘鹤仙去。那几日，我天天为老先生守灵，全程协助周祯祥先生办理相关事宜。那几日，我内心涌动着的感激之情，源于浓浓的世交之情，更是对医者仁心的感恩之情。

那些年，我与周祯祥先生过从甚密，较之父辈有过之而无不及。我俩颇喜高谈阔论，亦喜小酌两杯。有一天，秋月半盘，饮者半醉。兴之所至，周先生问："近日《光明日报》上《实践是检验真理的唯一标准》大讨论，你知道吗？"我接话，好像是一个敏感的风向标，说不定是政界的一个大动态，反正说不清，不好说。周先生一脸认真："写这样的文章要有很大的政治勇气，还要有大智慧。只有不简单的人，才能写出不简单的大文章。说实在话，我既为他叫好，也为他捏把汗。我实感惊讶，这番话哪是出自仁心医者之口？分明是智者的政见先知。周先生略带醉意，还不忘照会一句："今儿说，今儿散。"几十年的深交，这么带着醉意的敞亮，是我俩唯一一次难得的"妄议"政治。

1990 年 4 月，我母亲的老胃病无异样无前兆而突然加重，连续吐血和泻血。经诊断，是胃癌晚期，正应了专家们预言，已回天无术。当初母亲拒绝手术治疗，埋下了不可避免的祸根。好在，面对奈何不了的特殊病人，周先生始终一如惯常，亲力亲为，让不可能逆转的病情得以暂缓，才出现几年奇迹般的安然无恙。“我不吃刀鱼”，母亲固执己见，带着不该有的遗憾，过早地走到生命的尽头。

如今前辈们已聚集在另一个世界。然而，两家长相依的情愫依然如故。我与周祯祥先生，但凡有事，都是不在话下地事必躬亲。记得那年她女儿在南京饭店举行婚礼，周先生的全家及亲戚悉数到场，而我是唯一的特邀好友。婚礼上，我见到胡福明先生，看到了证婚人是日本三菱公司江苏区总裁，还有新郎所在的三菱公司的帅哥美女。那天的婚礼有特色，够气派，有格调，够浪漫。我算得上见多识广，这样的场景还是第一次身临其境。

遥想周先生，他身居异国，我守望故乡。兄弟情，情未了，每年春暖花开时，是期待也是约定，一年又一年，再聚首，放飞心情有好酒。忘不了曾经的生命呵护，才有母亲绽放的笑容；忘不了曾经的排除急难，才有自己事业的通达；忘不了曾经的两代传承，才有仁心厚德的世交两厢情。

艺苑耕耘不远游

陈桂生和我，同事加远亲。我俩同属猴，他长我十二岁，可谓亦师亦友。其人善于言辞，喜欢神侃海侃，每每聊天，三句话不离艺术风味。论艺术风格，谈美术格调，凡是艺术范畴的话题，他都归于风味一说。

初识桂生于1979年春，那年我以知青身份顶替父亲到黄桥供销社工作。有幸顶岗后，我立志自强，欲以父亲为榜样。父亲所管的日杂仓库是供销系统“四无仓库”的先进典型，几十间仓库，各类制度上墙，各类标语标识一应俱全。可老主任不满足现状，于是指派美工陈桂生来承揽更新制度版本和美化环境的活儿。

那些天，桂生左右开弓，现场书写各类规章制度，将安全警示标语放大到墙面上。出自其手的美术字棱角方正，有模有样，比起我熟悉的几位美工毫不逊色。每当他写字，我空闲时伴其左右，时不时递上一支烟：“陈工，歇会儿，喝杯茶。”笑口常开的他喜欢夸人：“你父亲是老先进，今年你也少不了评上先进。”搁笔坐下说：“供销社的仓库，要数日杂仓库最干净、最整齐、最漂亮。”接着关联式的语言不失幽默：“有其父必有其子！”冲着这一句，我又是敬烟，又是沏茶。那几天桂生忙得开心，我则是好客有余。打那以后，我俩交往日渐增多，加上他为人健谈，快人快语，最终成为我的良师益友。

桂生从小有美术天赋，小学二年级时，美术课上就能左右手画画。美术老师给他开小灶，指导他临摹素描，学画实物画，他渐渐开窍。爱子的父亲，舍得给他买连环画和画报。那个年代，他在小伙伴面前炫耀自己有彩色蜡笔，还有稀少的广告色膏。从小形成的爱好兴趣，也为他铺垫了一条美术事业的路径。十八岁那年，桂生进了靖江季市被单厂。厂长安排他到染色车间，他斗胆向厂长请求："我要做美工。"厂长问："你学过美术吗？"桂生从帆布挎包里拿出一大堆美术作业，还有自己临摹的不少绘画"作品"。厂长看过后当即拍板："你到厂部产品设计科报到。"自此，桂生跟着师傅学习印花板刻设计，如鱼得水，如虎添翼。满师的桂生，从设计到制作，连最为复杂的六色套板的工艺印花他都能独立完成，印花产品"凤吹牡丹""孔雀开屏"恍如出自名师之手。那几年，他设计的被单产品还出口东南亚，远销亚非拉。

初出茅庐的桂生并没有因小有成果而陶醉其中。那年，他带着不像样的美术习作，慕名拜访靖江画院张厚存院长，渴望得到名家指点，更想拜张院长为师。三番五次求教，桂生执着从艺学画的意志，深深打动了张院长。从此，师徒关系甚密，也为桂生铺就了一条从艺的人生大道。

靖江被单厂给了桂生极好的工作机缘，艺术人生让他遇见名师张厚存院长。那几年，桂生的事业顺风顺水，也小有名气。有了点名气，才有热心人牵线搭桥，引出一段美满姻缘。桂生自述："我的恋爱，靠龙飞凤舞的草书，靠能说会道的口才，靠诗情画意的作品，获得芳心，抱得美人归。"正如桂生所说，其妻白皙、高挑、秀美，不仅相貌出众，而且人品贤淑。婚后桂生喜得贵子，心花怒放，笑意总是写在脸上。打那以后，他有了丰富的表情包，有了一张如沐春风的笑脸。

甜蜜生活的第三年，桂生又喜得贵子。温柔的妻子，甜言蜜语攻心为上，要他调回黄桥工作，桂生遇到了一个天大的难题。那些日子，桂生满脸愁云，处于两难境地。难就难在，调回黄桥工作就意味着放弃心爱的美术事业；难就难在，如不顺从妻子心愿，意味着人前人后抬不起头来。面对妻子一次又一次的细语加泪水，桂生心软了。他决意为妻儿做出牺牲，放弃热爱的美术事业。

那年，桂生调到黄桥供销社。心事重重的桂生估摸着不是做营业员，就是当保管员。心有不甘的桂生一见领导就大胆建议："老主任，现在店容店貌少不了一个美工，我能不能干老本行？"老主任不解其意："你干的什么老本行？"桂生如实道来："我在季市被单厂干的是美术设计工作。"老主任是开明爱才之人，心想单位还真缺一个美工，当即表态："到办公室工作，试用一个月。"桂生大喜过望，有戏。那几天，桂生写了十几张商品信息，请示老主任后，又将会议室布置得焕然一新。开会前，老主任和颜悦色说，我们黄桥供销社现在多了一位人才，大家看，新来的美工，把会议室装扮得漂漂亮亮。以后美化店容店貌，就请美工陈桂生。桂生起立，来了一个大鞠躬，会场上响起了一阵热烈掌声。初来乍到，拔了个头筹，博得个满堂彩。

桂生闪亮登场后，经过一年多辛勤劳作，供销社的商场、门店、仓库，全部改头换面。每一个网点都重新书写醒目的店牌、店号，每一排货架都安装了商品门类橱头画，每一个橱窗都精心设计出别具一格的商品展示。那一年，老主任逢会必讲陈桂生，因有了美工，才能为单位争光添彩。从此，黄桥供销社的"四无仓库"走向了供销系统的前列，一次又一次成为先进典型。单位荣誉的背后，桂生功不可没。

桂生的商业美术在布局上巧妙掌握色彩的运用，当冷色为主时，必须与环境和商品门类相协调；当暖色为主时，必须与场景和商品相对应。实用美术方面，对于他擅长的大型会议和会展布置，桂生言简意赅："突出主题，体现隆重。"黄桥镇体育运动会由他设计的徽标，以春意盎然为背景，以地标式的桥为标志，独出心裁，很有创意。入场式上的标语，他大胆以动感十足的变形字取代惯常采用的美术字。渐渐地，他形成了自己的艺术风格。

二十多年来，政府里工、青、妇、人武部、教卫办，凡有中心工作，桂生是必请之人。于实用美术这一块，他既是高手又是快手。他的风格似乎可归为简约主义。说实用美术，他常删繁就简，化复杂为简单。他喜欢把循规蹈矩的美术字化为有特色的变形字。他出手的字，远看龙飞凤舞，近看拓展有变，收放自如，有神态，有韵味。久而久之，有了自己独具特色的"风味"。

我曾经在黄桥商业社工作过。那两年，为了更新店容店貌，不假思索首先想到桂生。全社 13 个网点，由他重新设计装潢。看到他忙碌的身影，我总是放下手头工作，伴其左右，给予他信任。桂生劲头十足，精心设计，精心制作。他说："门脸和货架橱头画，我要超越以前的水平。"在色彩搭配上，体现了个人风格；在字型摆布上，用美工刀刻出立体字；在背景上，他拿出绝活，用上纹路清晰、花纹各异的底色。这绝活鲜为人知，视觉效果既像木纹，又像大理石纹。操作时，用不同纱团或线卷，蘸上不同颜料就能滚出不同色彩的花纹。桂生悄悄说，这拿手好戏，只为朋友露一手。冲着这句感人之言，我当请老友喝杯酒。

时隔两年，我念念不忘那年我请对人、办对事，又助推我成为一个先进典型。当我调到黄桥供销社商场工作时，第一时间就想到老朋友桂生。偌大的商场，桂生以总策划人身份，分店面、分货架、分橱窗全面布展，重新装潢。那些日子，他全身心投入，为创建一流商场竭尽所能。商场朝南的六大橱窗代表商场形象，拿出设计草图，桂生胸有成竹信心满满。当时很少有人知道，桂生已进修于由商业部和中央工艺美术学院举办的商业橱窗设计培训班，业已学有所成，今非昔比。此后桂生果然出手不凡，商场六大橱窗的展示好评如潮。亮点一，橱窗背景色彩丰满，既有动感又有层次感；亮点二，实物展示，有立体感和冲击感；亮点三，虚拟空间，有画面感和艺术感。谁能料想到，进修后的桂生由业余美工转身为商业美工师。

至此，桂生渐渐有了名头，也有了声望。冠上知名人士头衔，不断应邀“走穴”，常常以主角的身份，扮演美工师的光鲜角色。那些年，泰兴供销系统的会议和会展，少不了由他操刀。扬州供销系统的工业产品展览会，各门类的订货会和展销会，都有他忙碌的身影。墙里开花墙外香，恰似八月丹桂生香，桂生成了香饽饽，成了大忙人。

20世纪80年代初，黄桥明星企业胜利猪鬃厂厂长是一位有识之士，慧眼识才，首开先河，重金邀请桂生在厂区中央立面墙上绘制巨幅《迎客松》壁画。历时三天，桂生一气呵成。定格的画面，山峦险峰，云雾缭绕，劲松挺拔，青翠欲滴，画风生出雄风，笔锋偏走尖峰。桂生一露峥嵘，一鸣惊人。

1995年10月1日，“陈桂生剪纸艺术展”隆重开幕，扬州、泰州两地各界人士二百余人出席开幕式，泰兴分管市长致辞，泰兴市文联主席、靖江画院院长致贺辞，嘉宾里的书画家现场挥毫题字作画。此次展出的作品丰富多彩，动物造型，惟妙惟肖，灵动传神，有憨态可掬的熊猫，有活泼生动的松鼠。京剧脸谱，形态逼真，栩栩如生。其中获奖作品《十五的月亮》《西游记》《脸谱》《富贵袋》等都是其得意之作。

退休后，艺者桂生又把目光聚焦盆景工艺上。十几年来，他在自家庭院开辟小花圃，搭建盆景架，凭着对艺术的挚爱，不断构思制作山水盆景。他戴上草帽有点像花农，戴上他标志性的无檐八角帽，俨然是工艺美术师。几年的培育，收获颇丰。在首届古镇盆景艺术展览上，他的作品《松竹梅三友》获优秀奖。他侍弄的这些玩意，当属一个新业种——花卉盆景租摆。过去有不少单位大量购置花卉盆景，因无人照料，大多是“小孩儿养麻雀——死多活少”。花卉租摆费用比起购买要少一大半，如此一来，花很少的费用，照样有四季常绿美的享受。一旦哪盆枯萎或是哪盆过了花期，都能及时更换，更不用专人浇水、施肥。退休的十几年里，桂生穿梭于几十家单位，大到绿化环境布置，小到会议室和办公室的摆设，大多的花卉盆景、陈设装饰，都出自桂生之手。谁家有要求，他总是客听主便，顺带提点小建议。他办事特认真，也特讲究，哪位主人有什么想法，他立马绘出花卉盆景效果图。效果图一般由兰花系列、棕竹系列组合构成。不同的场景，室内室外有别。那些年盛行一时的花卉租摆，也是花钱少、效果好的不错选择。桂生 75 岁那年，由于爱妻的劝阻，来了个说不干就不干，全身而退。

老陈当年回归故里，是爱妻的肝肠热血使然；如今的休闲，又是由于爱妻牵肠挂肚的疼爱。一对天地造设的恩爱夫妻执手同行，形影不离，悠闲地走街串巷。遇见熟人，老陈少不了标志式的微笑，少不了扯出艺术情怀；每当停留于花圃绿岛时，必是笑谈养花的小窍门。日出日落，老陈一路喜笑连连，天天都有好心情，活脱脱一个快活神仙。

只为那一份坚守

2019 年冬季的一天，我在黄桥东进西路不期而遇一位老者，一碰面，脱口而喊出“本家”。我握住他的手有些诧异，怎么看也不像八十开外的人。“走，到我店里坐坐。”老同事刘宝林拉着我不松手就往前走。

说来已有三十余年，我俩虽是本家，亦同住本镇，却未曾谋面。来到老刘的化妆品专营店，我眼前一亮，怎么也想不到老刘还拥有一片小天地，还执着坚守着一份事业。

眼前笑眯眯的老刘，细腻的皮肤没有岁月留下的刀刻般皱纹，也没有爬上黄豆芝麻般的老人斑。我直白地问道：“你一点不显老，是靠自留地里的护肤品打理出来的效果，还是靠高级化妆品产生的特效，才如此光泽？”老刘应道：“几十年与化妆品打交道，我靠的不是化妆品，靠的是一张张顾客的彩照，靠的是青春常驻的心态，靠的是从善如流的做人本色。我面对的是一个个活灵活现的红颜佳人，每天大饱眼福，岂不养心又养颜？”我笑道：“老刘的养颜秘诀，纯属笑谈。”

老刘不以为然，一脸认真地讲了一则小故事：“一位美术大师年近八旬，因急性阑尾炎需动手术。老者坚持局部麻醉，恳请主刀医师邀两位美女立于左右两侧，目睹美女容颜，能赏心悦目忘却疼痛。”听罢，我不禁莞尔一笑。“当年，刘伯承元帅接受眼疾手术，坚拒实施麻醉手术，为的是保护好智慧的脑袋。”老刘说得津津有味。我也认同心态不老，人亦不老。

于是回想与老刘同事的两年。依稀记得，他苗条型身材，一副奶油小生相，一双透亮有神的眼睛，挂着满脸的笑意，举止干练洒脱，极有人缘。那时，黄桥供销社商场位于东大街东首，主体三层商铺楼，建筑风格别具一格，呈重叠的三个 Z 字形。整体布局给人以曲径回廊之感，其规模门类首屈一指。商品琳琅满目，商场中央岛屿式化妆品柜，尤为抢眼。这便是业界行家老手刘宝林的杰作。

与老刘共处的时光，我时不时去领略欣赏老刘商品陈列的艺术风采。老刘陈列商品的技巧手法，有的如同诗歌，富有意境又别出心裁，开辟出一对对情侣系列和夫妻系列商品套装；有的又像画家的写意，用形态各异的瓶型，巧借斑斓纷呈的色彩，勾勒出一幅幅犹如版画的画面，亦或摆弄出一张张抽象画的立体造型。有人说，老刘是建筑师，搭建古典宝塔是他的拿手好戏。也有人赞扬老刘的化妆品陈列，既像花轿子，又像巡游的花车。

有一天我问起老刘，传统的雪花膏、蛤蜊油还能销吗？他回答我说：“传统品种应有尽有，依然畅销，还能带来不少生意。应了那句古话——百货中百客。”

我又问及高档化妆品销路如何，他说：“不瞒你讲，销售高档商品是我的强项，大多发型新潮、着装时髦的女郎，或是穿金戴银的富态女士，都是直奔我这里的高档品专柜，而且大多是我的老顾客。”老刘实话实说，言语中满满的收获感。那年代，老刘顺应时代变迁，揣摩顾客心理，把握消费需求，处处抢抓商机，赢得了顾客的信赖，也赢得了不凡的工作业绩。老刘讲：“有人喜欢略施粉黛的生活妆，有人喜欢浓妆艳抹的时尚妆。我的销售和利润主要来自老顾客和回头客。过去的时髦女郎，让岁月洗礼为讲究的老美女，一代又一代颜值高的美人坯，笑意写在脸上，愈发有精气神，让人看不出年龄，看不出肤色，看不到皱纹，看得出的是淡妆浓抹总相宜。”

老刘乘着兴致谈起了自己的过往人生，吐出最多的是“复杂”和“认真”四个字。老刘感叹：“人生复杂，我遇到的复杂事真正多。我工作上最讲认真二字，可获得荣誉背后，仍然遇到不少复杂的事。”话外音：遇到复杂事，用做人的原则，来化复杂为简单。他对待工作始终如一，坚持党性，保持光鲜的优秀共产党员本色。他是镇、市里优秀党员，供销系统先进工作者，扬州市最佳营业员。他年年受表彰，直到退休。

老刘谈到自己的人生，感触颇多。20 世纪 60 年代初他就读于泰兴农业大学，后因体制转变降为专科学校。毕业后，他留校从事财会工作，可他心底怀揣着农科研究的梦想，曾想从事山芋增产的研究，偏偏事与愿违，干起了枯燥无味的简单工作。刚有了稳定工作，又遇上国家精简机构。面对突如其来的变故，他没有怨言，背起行囊回到老家参加生产劳动。那一年，他潜心研究改良土壤，四处寻找山芋种，不断尝试培育新品种，却一无所获。他别无选择，只想做一个新型农民。

时也运也，常常眷顾质朴人。一个偶然的机遇，供销社姚主任发现刘宝林是个中专生，还干过财会工作，当属一个难得的人才。爱才的姚主任来了个激将法：“小刘，你是个小知识分子，如果不嫌工资少，就到供销社工作。”宝林心中大喜，想当农民，居然遇见伯乐，被贵人相中。那年，他低迷的人生才有了新的曙光。

1969 年 4 月，刘宝林就职泰兴县北新供销社。起初一年，他干起了大百货营业员工作，由于文化程度高，又有会计基础，加之为人谦和，获一致好评，一年一度的先进工作者，他被破格评上。不到三年，他成为大百货柜的实物负责人。谁都知道供销社的生活资料是以大百货为主角，可见领导对其之信任。

一次月终盘点，少款 0.50 元。身为负责人，宝林对工作一丝不苟，少款意味着工作失误，在宝林看来脸上无光，还谈什么荣誉。经反复盘点查找，宝林凭借超强的记忆力，终于找到问题所在。原来夜里值班用的手电筒里两节电池尚未报销，还是库存商品。水落石出后，宝林告诫自己，吃一堑长一智，任何时候工作马虎不得。

宝林工作上讲原则，凡事讲认真。营业员做生意，如没有必备的业务素质，就容易出错，出错就会造成盘点少款，但逢少款，便是业界大忌。有一次，当班营业员出售毛线，因一时疏忽，错将一把毛线当一支（一把应为五支），这个错可不是小错。幸亏宝林眼观四方及时发现，才避免酿成大错。

北新人，大凡认识刘宝林的人，都是竖起大拇指说："刘宝林是君子人，实在人。"有个成语"斤斤计较"，可在现实当中，他是两两计较、钱钱计较，他心细如缝衣针眼，算账算到分分厘厘。顾客买纽扣，一般是逢五买，往往会有零头五厘钱，通常收银四舍五入。可刘宝林与众不同，他从不包尾，凭着自己的细心，想法找出五厘钱的缝衣针给顾客。这些用心的细微处，成为一段佳话，得到广泛的赞誉。

刘宝林在北新供销社工作期间，身着一道道光环，践行着干一行爱一行的初心。他身为县党代会代表，坚持原则，敢讲真话。有时他动真碰硬，不给领导面子，搞得领导下不了台。有的领导有点偏见，以为他居功自傲，而在群众眼里这是共产党人的优秀品质。

那年，刘宝林妻子贸然行事，背着宝林代写调动申请书，然后到柜组盖上宝林实物负责人的印章，径直找到领导。说来真巧，大前天领导被宝林当众顶撞余怒未消，一时稀里糊涂签出“同意调出”意见。没几天，调令下来，如了宝林妻子多少年的心愿，却扭曲了宝林一颗赤诚的心。那领导一时糊涂，如梦初醒，悔不该放走了一位年年先进的优秀工作者。

1985 年 4 月，刘宝林调至黄桥供销社商场。领导让他干大百货，他主动要求干小百货，他想以小见大，唱出一台好戏。这一干，年年超额完成年度任务，年年获评先进工作者、优秀共产党员。

刘宝林的优秀品质体现在工作作风上。他每天提前半小时上班，做实做细营业前的准备工作，清理柜台货架，调整商品陈列。每天晚半小时下班，坚持做好分外工作。商场三层楼，他每一层、每一个细节都要仔细巡查一遍。有一天，当检查到三楼楼梯口，发现一个人影，他大喝一声：“是谁？”无人应答，他立马冲上前去，定睛一看，原是一出人为的恶作剧——有人将一尊模特儿倚靠在三楼楼梯扶手旁。一场虚惊，既不是内盗，也不是外盗，权当一场演练。

要说老刘的小百货柜，要形象有形象，讲效益有效益，商场新老员工都乐意到小百货柜。那年来了一位有背景的新员工，因是人家指名道姓要来，老刘碍于情面，不得不接受。对新手，老刘悉心指导处处关照，生怕新手在自己这儿出错。然而，担心怕出错，偏偏不出小错出大错，新手卖出一只女式挎包少收五元钱。几次的小错加大错，老刘自掏腰包全垫上。耿直的老刘，想到单个调出新人得罪领导不是个事儿。他左想右想后，向领导提出，调整出两人进两人，出此下策，才不至于得罪领导。他想到新人还要到其他柜组工作，岂能误人前途。

有一年，因商场升格为公司，新的领导班子下达指标时，普遍调高了增幅，别的柜组增幅 20%—30%，而老刘的指标增幅达二十倍。

老刘找领导据理力争，请求降指标，领导层一致认为小百货潜力大，作为老先进要多挑重担。老刘面对新的挑战，横下一条心，没有爬不过去的坎。通常实现利润的大幅增长不外乎两个途径，要么提高毛利率，要么扩大销售。老刘坚持薄利多销，让利于消费者。他都有自己的考虑,别人销一车货我销两车货,靠勤进货、多拉货,靠扩品种搞促销,想方设法确保完成任务。那年，他每月六地进货，量大得不可思议。老刘去泰州百货站进货，他不看样品，不打听库存量，自己直接到仓库寻找商机。果不其然，这里的塑料花、绢花、艺术盆景等库存大且滞销。经耐心商谈，对方同意一次性降价处理。老刘身手不凡来了个通吃，这批货足足装了两辆三吨货车，供货单位赞其有胆魄，同事们看得傻了眼，领导为他捏把汗。实践证明，老刘打了一个漂亮仗。

英雄不谈当年勇。退休的老刘不甘寂寞，又一次启程扬帆，依然钟情自己的老本行，卖化妆品，扮靓别人的容颜，也点亮自己的晚景。

父亲节的礼物

我儿的模样，既像爹来又像妈，生得一张白肤、亮睛、薄唇的可爱脸庞。陪他一起成长的母亲，几乎以一种说不清道不明的溺爱，一路一意彰显母爱。然而，走向一个极端的父亲，却以“事业狂”为托词，无视儿子的学习和生活，木然将其置之事外。儿子临近高考我才省悟，儿子缺少父爱，足以令我愧疚。理智告诉我，只要努力，尽其所能弥补自己的过失，一切还为时不晚。

当儿子处于迷茫时，我以豁达大度的情怀，不信什么逆耳的冷言冷语，更不信杞人忧天的预言“成不了人，成不了材”。我信奉知儿莫过于父。那时，虽谈不上远见慧识，但潜意识里，我儿能成人成材，那是早晚的事。于是乎，父爱，爱得深沉，爱到耐心等待的那一天。

当儿子蝶变为阳光汉子时，我的笑意写在脸上，为儿子自豪，也为他不负众望而骄傲。

当儿子成家立业后，我心目中，儿子就是我想要的样子。儿子如期而至，一年又一年父亲节的礼物，每每使我回味良久。

十年里，列数父亲节的礼物，用不着屈指我也能如数家珍。儿子以礼相待对我孝敬，且是投我所好。吾儿从小知道老爸喜好烟酒茶，常常挂齿的口头禅戏称“三部曲”。礼品清单中，香烟类：或苏烟，或中华，或黄金叶等。儿子礼毕，每次少不了一个习惯性动作，随手从包里再奉上两包稀见的高档烟，还不忘悄言关照一句："自个儿品尝。"言下之意，望我独自云雾缭绕，清享儿子带来的福气。

说到酒类，儿子对我出手阔绰，也是一种随心涌动的"显摆"。每年于无声处，花样迭出，目不暇接。大凡品牌名酒，呈现出梦之蓝系列酒。儿子调侃戏言："孝敬老爸您，从梦 3 到梦 9，那是必须的，一个都不能少。"这么多年，什么茅台和五粮液酒，也是不在话下。我儿叮嘱最多的话语："爸，少喝酒，喝好酒，儿子让你一生有口福。"论酒，兴致使然，借酒发挥，偶尔涂点小文，且当自我娱乐，自我欣赏，自我陶醉。

每年的父亲节，儿子送来的茶叶，总有细节的响声，他笑眯眯地亲自打开精美的礼盒，亲自抓一把茶叶泡一杯浓茶递到我面前，报出茶名，道出价位，随口笑言："老爸，您是行家，儿子孝敬您，不得不讲究档次。送名茶，那是必须的。"两人目光相遇，会心一笑。

今年的父亲节，无须期待的礼物到来之前，我却在微信上收获一份喜悦。儿子发来一首《父亲》，读罢让我一阵泪奔。

儿子笔下仰望父亲，"满目的沧桑 / 是父亲最初的模样"。回想那年儿子踏上征程的情景："我背上行囊 / 接过父亲递过那薄薄的几张"。那时我儿明白我的心境，"泪眼魂伤 / 这是父亲最后的力量 / 更是寒门渴望崛起的枪"。曾经，因我迷失了自我，儿子处于不利成长的环境，不能不说，我没有给予正当其时的父爱。那一段不堪回首的历程，儿子清晰回放："我讨厌父亲烂醉如泥的模样 / 也厌恶父亲卑微求人的慌张 / 却依然尊重他的内心深处的倔强"。多少年，儿子珍重父亲的行为语言，也遵从父亲只言片语的豪言壮语。儿子读懂："父亲的话 / 虽大言不惭 / 而我的心 / 却勇敢如铁"。儿子动情表白："父亲一生在

前行中踉跄 / 而我愿做他最忠诚的拐杖”。一段父子情深的过往，儿子表露无遗。泪水擦干，顿使我喜上眉梢，笑逐颜开。

这一天，三人一进门，孙女可可大声说：“爷爷，您喜欢的烟酒茶一个都不少。”我笑着说：“谢谢我家可可。”孙女拉着我的手，她踮着脚，我俯下身，嘴巴贴到耳边说上悄悄话:“爷爷，送给您的礼物，都是我妈妈挑选的。”可可这一说，印证了我多少年的猜想。父亲节，儿子从不缺席,更不缺礼。礼物的背后,离不开儿媳的细心周到。只不过，文章的题目是儿子出的，那出彩的文章是儿媳完成的。有人家突击式尽孝，而我刘家从来不误时节尽孝。

我开心，开心如期收到礼物；我欣慰，欣慰儿子别出心裁来了个真情告白。我这个福驮驮，遇上好儿媳好孙女，真的没得说。用潮语：超赞！

温润的旋哥

1975年5月，我以知青身份成为泰兴县果园场的果农。8月的果园，满眼尽是硕果累累，粉红的苹果，嫩绿的梨子，还有嫩青稀疏的小不点儿枣子，一派如诗如画的景致。应景应时的时刻，那难以忘却的细节，无时不在脑海中翻涌，常忆常新。

那天，旋哥骑着自行车，一路十华里专程来看望小弟。那是他端上铁饭碗，惦念小弟的第一个善举。

田间有人呼唤："你哥哥来了。"闻声，我放下手中的铁锹，拎着鞋子，迈着裹满泥巴的双腿，一溜小跑站到旋哥面前。旋哥笑眯眯说："走，到屋里坐坐。"

旋哥问："还适应这里的环境吗？吃得下这个苦吗？"我脱口而出："苦不苦，想想长征二万五；累不累，想想全人类。"一句俏皮话引出旋哥的笑言："德弟，好好干，多读书，少抽烟，将来有前途。"说着拿出母亲熬制的肉酱，还细说："这是煮鸡蛋，我用加班费买的，你得数一数。"我丈二和尚摸不着头脑，心想数就数呗。正数着，旋哥告诉我："今天是你的生日，祝你生日快乐。"哇！二十九只蛋，我的生日是8月29日。那一刻，我流下两行滚烫的泪水。

从果园场回到父亲身边，恰巧父母亲借住在单位的日杂仓库。我幸运地顶岗，每天都在父亲的眼皮底下工作。那几年，旋哥每个星期天从团县委回黄桥，必定看望父母亲，每次再三叮嘱："德弟，你是幸运儿。父亲是榜样，不要给父亲丢脸。父亲是老先进，你要照着靶子上，学赶先进。"旋哥不愧为团委的青工部长，出口成章，一套一套的。那时我就由衷佩服旋哥的好口才。正是旋哥一次又一次的温情告诫，才潜移默化为内生动力，驱使我加入供销系统的先进行列。

20 世纪 80 年代初，我有幸参加县文艺创作学习班，春哥理所当然成为老师。此间旋哥又不失时机鼓励我上北京的函授大学，要求我多读少写，讲明搞文艺只能作为业余爱好，爱岗敬业才是本职工作。那年旋哥赠我《古代散文选》《散文特写选》《塑造心灵美》等书籍，旋哥似乎看到我身上的隐约亮点，不断激励鞭策我，让我自学成材。他不知说了多少遍，"学习上需要什么书，开出清单我给你买"。

时过境迁，迂回的人生，有了置换下岗的窘境。我骨子里不服输，自谋出路开了家小饭店。旋哥知情后亲临小店，里外看得十分透彻。他点评道："店堂，简洁明亮。店号沙龙，是文友，还是兄弟聚会之地？嗯，小雅，小可，小有特色。"旋哥的幽默，实则是慰藉我失落的心。临别无人时，旋哥塞给我一只红包，烫手，真是先见之明，知我冷暖，知我囊中羞涩。临走转身，他说："明天再见。"第二天，他让商家送来一台冰箱。

1999 年 8 月，适逢我儿上大学。那时我手头十分拮据，心急火燎中近乎失去理智，几句俗不可耐的话惹怒了两个哥哥。当时旋哥听到不约而同的声音："要态度的坚决不给。"旋哥明白，这潜台词里，是问题不在大小，关键在于态度。弦外之音，做好事一定要由好人出面做。家人周知旋哥之能事，善于处理各种难事，是化解矛盾的能人，何况大家庭的大事小事都是旋哥挑头主事。家人皆知他的处事风格，让人不得不佩服。

开学的前一天，旋哥以全家代表的身份，专门设宴九崇天酒店为我儿饯行。席间，旋哥和颜悦色："侄儿，你是你爸的精神支柱，是他未来的希望。只要你苦心励志，一定会学有所成。"说着旋哥递上了三个伯伯沉甸甸的大红包。我儿接手说:"谢谢三个伯伯的恩情。"我说："大恩不言谢。"席上飞出一片会意的笑声。

儿子上学，我曾在哥哥们面前犯下一条自己都不能原谅的低级错误，失言失态失礼。旋哥告诫："遇事要冷静理智，切不可任性冲动。"儿子临成婚,我想到此等大事,非旋哥理事不可。我一脸愁思倾诉苦衷，旋哥当即应承："我既当'红娘'，也担当总策划人。"

那些日子，从购买婚房到举办婚礼，他有条不紊掌控每一个环节，落实每一个细节。吾儿的婚礼既热闹又节俭,既撑起台面又撑足面子。事毕，旋哥笑谈："德弟，你儿子的婚礼比我儿子的婚礼有气场。"我心知肚明，旋哥不仅出谋划策，还有不为人知的高明之处。他以诙谐幽默的口吻，以不同方式提出："大家不按常规出牌，每个人都必须出份子钱，尤其长辈出手，一定要拿得出手。"旋哥用心良苦，唯恐我办这大事出现赤字。更深层面，旋哥心力所及，一片温情塑造刘氏大家庭团结如一人的形象。

对我而言，旋哥犹如春雨细流，浸润我人生每一个重要节点。若是没有旋哥关爱的厚度和长度，怎会有其笔下的《归来》？谁都知道，其散文《归来》的主人公不是别人，正是在下刘鹏德。

克文的故事

王克文先生个头不高，清瘦白皙的面庞，一副文化人儒雅的样貌。

我与克文兄相识于20世纪80年代初的一个冬夜。好友严开德要我陪他去姨哥家，他的姨哥，正是克文。初进王家，顿觉古风扑面。中堂红木八仙桌，六张太师椅，桌面上一把暗红色紫砂壶，还有景德镇茶具；壁上挂有明清两代的字画。提及字画，克文言："为人处世，我非常珍惜亲朋好友。这些年，可以不惜变卖古董字画，只为喝好酒交好友。"初次幸会，三人同品金骏眉，其乐融融。

时隔不久，克文与我凯哥成为朋友。那些岁月，隔三岔五，三人又推杯换盏，寒暄畅饮。

克文年长我十岁，我们之间往来，历经四十余年情谊。

克文的父亲王德怀系中华人民共和国成立前黄桥名门望族王永盛的二子。宝号王永盛出产的酱油和酱菜享誉大江南北。20世纪40年代初，王永盛先生将坐落于苏州山塘街789号的两间上下店铺，放手让克文父王德怀全权打理。两年后，克文诞生于苏州城，打小在江南名胜地滋润生活了六年。

中华人民共和国成立后，克文随父回到老家黄桥。自幼天资聪颖的克文出色地修完了中小学课程，又以优异成绩考取南京卫生学校医师专业班。在读期间，其父患不治之症英年早逝，时年四十岁，克文刚满十八岁。此时的克文承载悲痛，以劲松品质，不负遗训修完学业。

1963 年 8 月，克文被分配到江苏省水利职工医院。此院创建时聚集了省内大医院的骨干，克文融入其中，迎来了人生新际遇。经四年历练，克文成为行家里手，也是院里公认的普外科骨干医生。

1968 年春，克文闻讯，省级机关事务管理局公开招聘医务工作者，便踊跃报名。经考核，克文脱颖而出，被录用。新的岗位，名头大，待遇高，实属江苏省军管会医务室，专司为机关干部服务。克文专司干部转院的护送工作，简单重复远离专业。克文的初衷是走出扬州，谋求到南京工作，使自己的专业有更大的进步，可事与愿违，一时备感失落。

那段碌碌无为的时光，克文心无二用，一门心思埋头研读医学专著。在南京工作的第二年，克文他乡遇故知。那天，他在省级机关食堂就餐时，循着乡音与那人聊了几句，对方为泰兴县卫生局局长。当晚在招待所，克文向局长倒出一肚子苦水。工作上事不如愿，不能干专业，家境每况愈下，八十岁的奶奶股骨骨折卧床不起，五十岁的母亲不幸患脑癌，两个弟妹尚未成人，要不是家底殷实，温饱都难以保证。克文两眼泪花，一番恳切的言辞，深深打动了老乡的心。

一次美好的遇见，克文有了一纸调令。县卫生局领导器重专业人才，拟安排克文去刁铺卫生院任院长。可克文力陈调回老家的原因，主要是家庭实际困难，转而又拟安排黄桥人民医院。局务会议考虑到黄桥工农兵医院最缺科班出身的外科医生，缺一个外科手术室。于是克文如愿以偿。

初来乍到，一个月里，克文在十分简陋的普外科施行肛肠类手术二十余例，令同事刮目相看。一时间，患者口口相传，工农兵医院从大城市调回来一个王先生。

20世纪70年代初，克文着手创建手术室，不求城市模式有空调和自来水，只求因陋就简的实用性。医院依托砖木结构平房，浇筑水泥地面，刷上两遍紫红油漆，给人以木质地板的视觉，墙体四壁贴满白瓷砖，屋顶吊着纤维天花板。买不起高档无影灯，以六张日光灯替代。洗手池上方置放两个保温桶，替代自来水。土法上马买一只大煤球炉，用汽油桶敲出长长的暖气管道，权当空调使用。唯一花大钱的地方，是购置各类手术器械。一个月里，克文事必躬亲，一手打造出像模像样的手术室。

此后，克文每月主刀大小手术三十余例，全院同仁无人不投以赞许的目光，潜台词是：能干！

有道是人生如戏，戏如人生。对克文而言，手术台犹如舞台，充满戏剧性。一位健康女子慕名找到王先生，手持计生办出具的批复，同意施行接通输卵管手术。来者笑言："王先生你是大城市调回来的医生，人家说这个手术非你不可。"克文当即应承："这手术我来做。"凭借个人的行事风格，他着实善于尝试高难度手术。

手术前，克文制定了一整套方案。手术进行时，切除原结扎处，输卵管内置马尾鬃，一边一个，一头穿上边，一头穿下边，形成管道支架，不致输卵管堵塞，行缝合术，选用特殊丝线，走针走线不紧不松，过紧会坏死，过松会泄漏，接合部与管道口上下左右回针缝，间隔处再均匀加密针，截面两头必须缝得严密细实……手术成功，成为东半县第一例成功手术，克文可谓敢为人先。一年后，三十六岁的受益人抱着男娃，拎着鸡蛋，特地向克文道喜致谢，临别深深鞠躬："谢谢恩人王先生。"

妇产科一次简单的人流手术，因操作不慎，手术刀碰破子宫和肠壁，造成出血并伴有粪便外溢。闻讯，克文立即主刀实施抢救性手术，做切口造瘘术，行肠道缝合术，从清洗肠道、临时体外排便，直到再行肛门张口术，恢复正常排便。一次罕见的意外事故，克文妙手回春，让患者毫无怨言。当事患者时年三十二岁，术后健康地活到七十六岁。

一位五十岁的男士患中晚期直肠癌，经确诊病灶处距肛门仅七公分，属手术切缘极限，实施手术时，病灶离肛门近九公分。两难抉择：如保守手术，则留置体外排便；如行保肛手术，则与正常人一样排便。关键时刻克文当机立断，选择实施风险手术。手术时间长达五小时，先切除病灶，放置外流管规避术后渗血，加上巧妙的缝合术，手术十分成功，该患者奇迹般活到八十岁。

克文六十一岁退而不休，三年留任北院门诊部主任。此后又重情重义，担当米巷诊所法人代表五年。如今依然风采不减当年，白衣使者，执着于钟爱的事业，坚守着自己的老本行。

每当提及屋里人姚明芳，克文脱口就是赞美之词："娶了个小我十岁的爱妻，是一生的大幸。"这些年，夫妻有约，执手浪漫之旅，十年里饱览异国风光，释放真爱豪情。一路潇洒，去了日本、韩国和新马泰；激情高涨，又去了美国、法国、德国、英国、瑞士、意大利和澳大利亚等国；雄心勃发，夫妻俩又在酝酿周游世界的路线图。

每一次遇见克文，我总是重复着："你既有色彩丰富的两情相悦，又有闲情逸致的品质生活，还有热爱事业的执着精神，更有随性豁达的人格魅力。"

不期而遇

2014年6月的一天，旋哥来电：你去黄桥镇宣传科，找何雨生取几本书。初次见面，我便冒昧开口，何主席送两本书给我好吗？当时，他赠我《黄钟》杂志三期，又赠我他谦称拙作的小说《午夜时分的化工厂》。缘分来了，我乐意随缘到今天。

说来很惭愧，我曾经也是文学爱好者，由于各种隐情，我阔别读书时光三十余年。曾经的文青，已经疏远了对文学的酷爱。拜读完《午夜时分的化工厂》，又捧起《黄钟》杂志翻阅，眼前一串串熟悉的名字，使我备感亲切。一篇篇大作，都出自有分量的名人之手。那几天，我如饥似渴，陶醉其中，品尝着一顿文化大餐。

其后，我了解到，《黄钟》文学季刊于2013年1月创刊，其编委会由十二人组成，名列的作家，我都耳熟能详。加之，那些亲近旋哥的作家群，我也大多熟知。这些年，旋哥时常呼我干点儿杂事，于有意无意中，带我参加各类文艺座谈会，时不时分享文化动态。当他兴致颇高时，总要不失时机面授写作要领，期望我多读少写。这些细微之处，我能领悟其深意。他希望我传承家风，不辱门户，做出个人样来。

记得2014年8月的一天，旋哥送我两期《黄钟》，并煞有介事地说："德弟，你有点文字基础，今年你的名字必须出现在《黄钟》

刊物上。”我承诺：“有你栽培，我一定重拾旧梦。”心头还藏着未出口的话语：“知吾者，莫过于旋兄也。”又想，有旋哥支撑，我就不是扶不起来的“阿斗”。旋哥的《众生的黄桥》有一文《归来》，就是催我奋进的力量。

不得不说，我第一次走进《黄钟》文学园地，引领者当属旋哥，然而，我第一次投稿《黄钟》，《心路》得以发表，何雨生当是我的第一任老师。我的习作既无章法，也缺失细节铺陈，通篇零碎散乱，尤显稚嫩。多亏雨生老师精心删改，用心润色，才得以呈现一篇有着人情味的作文。正是有人给力，有人扶持，我这样的新人才能献丑于《黄钟》刊物上。

十年来，自个儿胡乱随性写了点文字，但未敢投稿至外埠。从武者的《心路》，到医者的《克文的故事》，我的拙文大多只限于《黄钟》上发表。我有自知之明，涂点文字，自娱自乐，大有故作斯文之嫌。其实，是我由心而生的兴趣爱好使然。要说追梦何方，何日梦想成真，倒也没什么非分之想。

有诗人明志，有梦想就有希望。曾经有过梦想，我要感谢春哥，携我走进《泰兴文艺》；曾经有过尝试，我要感谢凯哥，兼容我成为《黑松林人》文苑的新面孔；曾经有过收获，我要感谢旋哥，促使我伴随《黄钟》一年又一年。

我要感谢《黄钟》文学季刊，一次偶然遇见，十年文学滋养。更要感谢现任泰兴市作协主席何雨生，始终如一地给予我扶持。如若没有他的宽厚包容，没有他的润色助力，就没有我在《黄钟》园地的一番耕耘。

印象剑中

这些年，我始终难以忘怀与剑中的初次谋面。那天苏老师邀约小酌，几盅下肚，言谈酣畅，不亦乐乎，面对面的肖剑中老师，尊称我的好友为斌哥，从此我们三人，常相伴，惺相惜，长相随。

古人云："三人行，必有我师焉。择其善者而从之，其不善者而改之。"印象中，肖老师热情、亲和、率真、随性，又不失内敛含蓄，个性鲜明，他专注于自己钟爱的事业，正因此，肖老师乃是我师界层面唯一好友。

科班出身的肖老师，毕业于南通大学美术系，进修于南京师范大学美术系，深谙中西美学理论，且得高人宋文治、秦剑铭及尉天池等名家指导，如鱼得水的他练就了扎实的书画功底。

回溯往事，小时候的剑中喜欢涂涂画画，只因家境清贫，无力置备笔墨纸砚。他天资聪颖，以麻束笔，又以清水代墨；时而青砖当纸，时而方桌当纸;调皮时，有着撒野的奔放。他以竹竿当笔，以田地作纸，一笔一画,划得泥土飞扬,一口气写上几十个字,写得一脸汗水沾满泥巴。

在小学五年级的暑假，他跟随父亲到供销社买化肥，见废品收购站里堆着一堆旧书，于是进门嘴上叫人叔叔，手上翻着一本本旧书。找着找着，他眼前一亮，发现了几本写有毛笔字的书。打开书，他发现好多字都不认识，凭感觉只晓得写得漂亮。第一次撞见如获至宝。他一溜小跑，拉住父亲的手说："爹，我在旧书堆里找到了宝贝。这一回，无论如何你得给我买。"父亲见是不值钱的书，便以旧书收购价的两倍付了款。回家的路上，小剑中捧着五本书，流下了两行激动的泪水。

上小学时，小剑中每天晚上做完作业，习惯成自然地临摹碑帖，遇有认不得又复杂的字体，总要反复临摹几遍。久而久之，功夫不负少年志。小剑中以能画擅书闻名乡里。每逢春节前，邻里乡亲都要乐呵呵地上门索取春联，殷实人家自带红纸托请剑中写全大门、后门、房门、院门的春联。热闹时，有人看着写自家的春联，有人欣赏肖家小子挂满屋子的各种花花绿绿的画作。一拨拨人群，洋溢着欢声笑语，他油然而生小小的自豪感和满足感。那几年的光景延续到初中的青春期。

高中年代，剑中幸运地走进了向往的泰兴县向阳工艺美术学校。因他从小打下的书画底子，老师们慧眼识珠，用心用情着力栽培。那时，大有长进的剑中，初生牛犊，"艺高胆大"，主动拜名师，当时的王建林、朱翔、陈仲明欣然收其为徒。那段美好的时光，剑中沉浸于绘画和书法的系统学习中。他特别喜欢仲明先生的书法课。陈老师既在泰中教音乐，又兼客座书法课。剑中十分仰慕仲明先生一手行云如水的草书。那些年，剑中抬头见标杆，低头有名师，不懈勤习苦练，终于斩获了扬州地区书法少年组二等奖、三等奖。至此，艺术人生，扬帆启航。

1986 年，剑中考入南通师范学院美术系。时也，前有名师领路；运也，幸运得到书法家张晏、油画家郑志刚、水彩画家顾森毅、花鸟画家杨晓晖等先生的指点；命也，注定矢志不渝从事书画专业。转身踏进南京师范大学美术学院深造。沿着艺术的台阶，他坚毅前行，专于工篆隶，尤擅花鸟兼山水，颇见功底。

杨晓晖先生系剑中的南师大班主任。他擅长花鸟画，造诣极深。在校园岁月里，见面见画，因人及画，情有独钟。说到兴致处，他用小说的语境描述：“杨先生中等个子，身体微胖，心灵的窗户炯炯有神。”话锋一转：“极富个性、近乎古怪的脾气。”杨先生作画，最忌他人在场，喜欢独自一人一气呵成。一个偶然的机会，那天本是杨先生的花鸟专业课，不知何故改成自习课。剑中不由自主地有了莫名其妙的想法，何不找一找杨先生的住处。经四处打听，他贸然地敲响杨先生的门，听得先生有气无力的话：“进来吧。”他便推开没有上锁的门。“杨先生，你没有去讲课，我有点不放心，想来看看你。”先生说：“没大不了的，只是感冒。”那天，剑中去医务室取药，又去打饭菜，忙乎了小半天。偶然的机缘，揽上了杨先生的生活琐事。久而久之，杨先生方知，肖剑中是一个来自农村的质朴无华的小伙子。

缘来了，恩情也来了。杨先生难得闲暇，嘱剑中带几幅习作过来。他在椅子上躺着看，当看到第二张时，杨先生振作精神站了起来，他把画作放在工作台，反复端详，眼睛发亮，脱口赞道：“这才是有才情的画呢，看得出，你的花鸟画底子很好，以后的功夫多在写生，多看名家作品。”数日后，杨先生就着他的个人画集逐一讲解，从构思到意境，从构图到线条，从用笔到用墨，从设色到题款，从写生素材转化为创作的作品，他用精到的术语，现场、现身、现说阐明理论的全过程，那堂课，是剑中入耳、入脑、入心的大收获。此后，杨先生作画，又破例容剑中侍旁观摩，享有现教现学的优厚待遇。如此厚待，留下一段弥足珍贵的师生情。

那年南师大的第一堂课，至今剑中历历在目。一位七十多岁的老者主讲山水画，他边讲边示范，博得全班同学喝彩。后来才知，老者是新金陵画派的代表人物、江苏国画院副院长、南师大客座教授宋文治先生。几个月后，剑中画了十几张山水画，寻思着怎样才能得到宋老的亲自指点。真是机缘巧合，无巧不成书，那天傍晚，剑中在校园大道上偶遇宋老，便不失时机迎面向宋老问好，随口自我介绍，道明心意，表示自己多次想登门求教，宋老憨厚地笑言："今天跟我走吧，我就坐在铁艺椅子上等你，你去拿作业吧。"剑中飞快地回宿舍拿着一沓山水画，搀扶宋老回到住所。宋老顾不上休息，打开画，一幅一幅仔细看完，开始评说："你的画，有灵性，对古人笔墨的把握有感情，但你要多写生，多练书法，尤其是行书、草书的学习，只有多练才会弥补你的画画笔力的不足。"也许画品如人品，一面之缘，宋老顿生喜爱之情。他指着画面的印章："小肖，你用的印泥太差，一幅画，一定要用上好的印泥，这是定律，千万不能疏忽。"说着，从办公桌抽屉拿出一盒印泥，又从桌上拿了一本《江山万里图卷》和他自己出版的《宋文治山水画集》。剑中见是西泠印社的朱砂印泥，十分惊愕地说："您老人家的书我收下，这么好的印泥我不敢造次受用，还是老师用吧。"虽说剑中长相平平，但写在脸上的满是纯真和憨厚，相由心生，许是眼缘叠加来的缘分，宋老和颜悦色地赠言："听老师的，一定要拿着。你画好山水画，用印泥盖章时，自然会想到老师，自然会想到绘画的神韵，自然就领悟到绘画的语言。记住，临摹别人是一种学习的方法，可只有另辟蹊径，创立自己的艺术语言，才能找到自己的艺术风格。"恩师语重心长，够剑中受用一辈子。

这么多年，他潜心于书画天地，游走于梦幻般的山水世界，得益于众多名家的倾情给力。剑中老师，踏实勤奋，自有出彩的人生。

肖老师有两段精彩的自述。在校期间，肖老师常在夜深人静时，品一杯香茗，喝一口，踱两步，思来想去，瞬间用心力挥毫泼墨，激情宣泄，淋漓尽致，或黑白世界，或绚丽纷呈，或书中见画，或画中见诗。此时的笔中情，宛如雨打芭蕉的点缀，又似潜入夜时的缓慢舒展。其实，那一张张素洁的宣纸，仿佛跳跃着中西方色彩赋予的低回旋律。独自享有的意境，“引杯快似黄河泻，落笔声如白雨来”，来自心灵深处厚积薄发的涌动，放之于雄浑与清澈中，跃然出静动和灵动。

肖老师获奖的一幅作品，是他行草中的得意之作。记得三人分享喜悦时，他和斌哥专为我细说草书。肖老师感言：“我心仪二王和仲明先生的草书。行草，追求收放自如，快慢合度，布局运势，跌宕起伏。”他对斌哥说：“气势开豁，大气浓厚。是的，还要节奏分明，于雄浑中见圆劲，于圆劲中见秀润的神韵。”

每一次遇见，肖老师有意无意的健谈，都离不开书画话题。我乐意享受艺术快餐，当作是一次又一次的充电。他多次讲：“书法是抽象的艺术语言，承载着中华民族传统文化的精神内涵及一阳一阴合度的章法，书法的长与短、粗与细、曲与直、刚与柔、藏与露、实与虚，无不体现书法的感悟及对先哲思想的外化。”说实在话，讲到书法的精深处，肖老师也是有“摆谱”招数的。他举例：“我获奖的隶书直师两汉，是从《石门颂》《礼器》《史晨》《曹全碑》中寻求，并留意汉简又融入清人名家笔意，所以隶书追求藏密、质朴、自然的艺术效果。”与君有缘，品尝书法快餐，实为一种艺术的享受。

那天，又一次聚首闲聊，肖老师乘兴而起，以一言堂大谈获奖感受。我窃笑，不外乎再上一堂书法课。他开口便是开门见山：“山水画要师法自然，这么多年，我临摹古代绘画，从清代‘四王’入手，进而上溯唐宋元明诸家。在研学上，既不能依葫芦画瓢，又不能涉嫌照搬照抄；在创作上，既不能拘泥，又不能形似模仿秀。要从大自然中感悟，做到外师造化，中得心源。林散之践行‘读万卷书，行万里路’，悟得‘依教而行，终有所成’，我辈为何不可？若不能仰观宇宙，俯察品类，画家如何能‘含道映物，澄怀观道’？”肖老师以美术专业的范儿，大谈绘画的美妙和深奥，殊不知聆听者是友人，非他的学生也。此情此景，当是获益匪浅，美其名曰美的享受。

入职黄桥初级中学的肖老师敬业尽职，执教美术课程近三十年，扎根古镇黄桥，家居一方热土，他热爱这里的小桥流水、青砖黛瓦，他欣赏这里的风土人情、纯朴民风，他拥抱这里的一草一木、万种风情。他笔下的写真集，有古镇街巷的写生，有古刹福慧寺的巍峨，有新区高楼林立的新貌。这是他有情有感有悟触发出的黄桥古韵和新貌的组画长卷。他用画笔铺就出《黄桥揽胜》《黄桥新貌》《黄桥秋韵》《黄桥春浓》等礼赞黄桥的系列作品。

肖老师待我似乎有点偏爱，因我家庭院里有些花草，才慷慨赠予一幅花鸟画，其深层意义，尽在画中。寓意夫妻二人的大名皆有花鸟。可见文人画师触景及人，两全其美，意味深长。接过画作，只见画面有瘦瘦的兰草，还有两只一栖一飞的不知名的鸟，画面三分之一留白，题上谦谦君子之言。我注视片刻，脱口说出：“肖老师此画是哪位大家的画风？”肖老师扯开讲起：“不瞒哥说，我研探写意花鸟画，从宋人花鸟入手，自徐渭之后的八大山人，以及吴昌硕、齐白石、王雪涛、葛朗等名家，无一不学。从当代叶国权、孙奇峰等画坛名家汲取精华；写生时辅以摄影手法，意在捕捉定格大自然的飞禽走兽、百花草虫的瞬间画面主体；创作时，力求形成自己的艺术风格。不同的画面，辅以不同的新老植物予以穿插和衬托，构成画面上的大静大动，大起大落，大开大合，以此背景手法衬托出蒙蒙的远山，潺潺的流水，天空的月亮或太阳，使画面感充满诗意。”

偶然的一次，肖老师与我私聊，带着醉意的骄傲，作一番神侃：“哥，我在创作态度上无论水墨彩墨，还是草书隶书，都力求唯美。一幅作品完成时，最后一道工序也是至关重要。细微处，题签印章落于何处，丝毫来不得马虎，常有点睛之笔的功效。”

不得不说，肖老师与我情感交融一路同行，又以业界的姿态，时不时面授书画的美妙与深奥。这些年，耳濡目染，我于不知不觉中，倒也成了不是学生的学生。我曾笑吟过：“水墨丹青润于心，亦师亦友遇知音。”

曾经，肖老师也有过“身心俱毁”的短暂失落，那失落是满怀希望获奖，最终却意外失之交臂。他从艺几十载，有痛苦、有迷惘，有欢乐、有收获，尝尽酸甜苦辣，却有此等不为人知的个中滋味。沉思几日，醒悟后，他还是从容淡定，开明豁达。

剑中自有剑中的风骨，能言明通透的书画情结，能洞察事物的艺术张力，能驾驭作品的气势格局。他言“书画不尽言，言不尽意”，又言“善行无迹”。这话用在肖老师自己身上，不如说是“心行无迹”。他人生的亮点：从艺从一而终。作为一个理性的智者，需要一个漫长的过程，尚不能达；作为书画的虔诚者，尚需竭尽神思，拓疆无限。

未来肖剑中老师的事业愿景，一切皆有可能。

三友公客栈

黄桥三友公客栈位于西大街中段，坐南朝北，临街两扇雕花门尽现大户气派。其引人注目处，乃是横跨西大街的宝号，出自店主陈彭年手书行楷，三方块白底红字“三友公”。这一别出心裁的创意，于本地当属业界第一家。

三友公店堂与众不同：中央立隔扇浮雕《松鹤延年》屏风，蕴含主人陈彭年大名；中堂香台条桌，两边各有两尺高的青花瓷帽筒，釉面图案瘦竹挺拔，意为不可居无竹；八仙桌左右，两张镶嵌桃花扇面的太师椅；堂屋东南角摆放一座四尺高的落地钟，据传是英国货，系祖上传下。那个年代，旅馆有一座钟可以彰显档次。

店堂后是一丈五宽、五丈长的天井，月季、桂花树、石榴树错落于庭院间。

东厢房是七间五架梁青砖瓦房。四间为普通客房，每间青砖地面，木架双人床一张，床上铺青花布床单，叠放青花棉被一条，竹椅两张，四仙桌一张，桌上印花玻璃杯两只，竹篾热水瓶两只，另有木架嵌镜洗脸架。此四间属于普通客房。

西厢房是九间五架梁瓦房，店家自住三间，一间茶水伙房，五间精装客房。精装客房每间铺设木地板，方格花窗双扇房门，中圆门大床，四仙桌上有青瓷茶具一套，印花水瓶两只，两张美人椅，洗脸架旁配梳妆台。床上用品有荞麦壳绣花方枕、印花床单、绸缎棉被。这些配置，在本地同行业首屈一指。

再向里，坐南朝北为前四后五砖木结构的两排七架梁九间客房，前排东西山墙下有六米宽青砖走道。后排东首一间贵宾客房，房内有大圆门雕花床，两折头亮橱，四仙桌，两张美人椅。最为亮眼的是一张梳妆台，台面一整块德国进口的白色纹大理石，紫檀木嵌明镜。其他标配同普通客房。

三友公客栈具备得天独厚之优势：西大街五丈宽，二十余丈长，地面满铺长条麻石，东至大石桥，西至西寺桥，街面商铺林立，米行、布行、饮食店、铁铺、缸行依次排列；各色早点尤其出色，麻团、烧饼、油条、包子、鸡浇、鱼浇，大凡镇上有的都罗列其中。源于此，三友公生意兴隆，财源茂盛。

店主陈彭年，应了李白诗句“天生我材必有用”，写得一手好毛笔字，缘媒妁之言，娶了一位美人。其妻毛凤良，虽算不上大家闺秀，但也出自有名的毛家铁铺殷实人家。出嫁时带着丰厚嫁妆，原本兴旺的三友公，有了人称“杨花轴子”的貌美能人，更是人财两旺，锦上添花。

毛凤良嫁给陈彭年，育有一子一女。挑上当家人的担子，便琢磨着小叔子陈颐年的婚事。身为嫂子，见着管叫二当家的，“你的婚事我做主”。温文尔雅的颐年温顺作答：“一切由当家人嫂子做主。”毛凤良早已相中她看着长成出水芙蓉的邻家姑娘。水到渠成，两厢情愿，又以六铺六盖帮衬弟媳薛家姑娘。弟媳妇既大方得体，又善解人意，讨得婆家一片欢心。手足情愈发浓厚，妯娌俩亲如姐妹，阖家和睦，三友公得以兴旺发达。

三友公祖上留下的家风，逢年过节，自掏腰包请人唱大戏，攒钱还要攒人气。西大街陈彭年夫妇，积德行善，有口皆碑，谁家有困难，送衣，送钱，送粮，送油。邻居步家家道衰落，老爷子归天，一家人急得团团转。好在陈彭年是步家小子的干爹，一手包办丧事，步家感激涕零，赢得街上一片赞誉。

店主陈彭年自知治家管事，不如能说会道、精明能干的妻子毛凤艮。自然而然地，毛家出来的能人，成了三友公名副其实的当家人。

陈彭年乐善好施，妻子毛凤艮比他更进一步，每次都叮嘱丈夫："别小气，多给点，我嫁给你不图财，只爱才。"

每到大年三十，毛凤艮一手拎铁皮油桶，一手拎面粉袋，踏遍西大街背后的"花子村"，挨家挨户，倒上一小碗油，再用葫芦勺子舀上一大碗面粉，一年不落。

除夕吃团圆饭，饭桌上，毛凤艮年年讲着重复的故事给儿子听，一个全家人烂熟于心的《阿弥陀佛》故事。

大年三十，天空鹅毛大雪飞舞。有个饥寒交迫的光头乞丐，一路跌跌撞撞推开地主家的伙房门。屋里佣人阿弥正在往炉火中添柴，为主家煮年夜饭。扑通一声，刚进门的乞丐一头栽倒在地。阿弥大惊失色，也顾不了许多，一边唤乞丐醒醒，一边脱了身上的棉袄盖在他身上。阿弥把乞丐抱在怀里，用身子温暖他。不一会儿，乞丐醒来又昏迷过去，如此反复，最终死在阿弥怀中。阿弥知道祸从天降，不能连累主家。于是他急中生智，用尽力气驮着乞丐往门外走，只想为乞丐找一个安息之地。出门不到五步，那乞丐化为一缕青烟，直上云霄。天空回响："善人有好报，阿弥陀佛。"

讲完故事，俏皮聪慧的儿子桂生笑着说："阿弥陀佛，长大了，我去当和尚。"陈彭年应道："望子成书家，成大器。"

抗战时期，三友公当家人毛凤良有过惊险一幕。1943 年冬，一对来自靖江的商人夫妇长住三友公客栈。一天午时，客栈来了个日本鬼子，进门打着手势要住宿，正好迎面看到靖江的貌端女子。鬼子顿起歹念，大声嚷着："花姑娘，花姑娘！"毛凤良见状，情急中双手操起一盆水，泼了鬼子一脸，随即拉住女子的手："跟我走！"一个急转弯，两人快捷从厢屋后门溜之大吉。鬼子连放两枪，一枪打中门扇，一枪打在门框上。鬼子恼羞成怒，用枪托把三友公砸得一片狼藉才肯罢休。事后，这段传奇在街头巷尾传播开来，街坊邻居个个竖起大拇指："了不起，有骨气！"

民国末期，三友公客栈以旧币 313 万元资产总额，稳居本地业界第一把交椅。中华人民共和国成立后公私合营，其蜕变为"胜利旅社"。

老友树林

初识树林，只见他一米八五的身高，腰板挺直，着藏青色全毛西装，见人一脸笑容，步履矫健，风度翩翩。结缘朋友聚会，满桌人唯有树林不熟。经闲聊得知，此君从省属水利系统退休。

其为人既平实又高调。说平实，待人接物谦谦有礼；论高调，行事爽快，出手阔绰，自恃月退休金五千余元，平常抽好烟，喝好酒，时不时与友人把酒言欢。结识后，谈不上相见恨晚，只觉印象很好。那年他看上去六十有五，哪晓得贵庚已七十有二。想不到横看侧看，显得这么年轻，毫不夸大，堪比同龄人年轻十岁。

树林健谈，每一次见面，他总掩饰不住历历往事，总要重复那昨天的故事。

树林说起自己的经历："母亲为我起名树林，意为绿树成荫可乘凉，枝干可成材，寓意将来成人成材。家境贫穷，小学没毕业，活脱脱一个散养的顽童。十五岁时，到牛棚养牛，成了养牛娃。养了几年奶牛，认识了一位收奶人。那年黄桥油厂招工，收奶的汤师傅推荐我进了厂。那年头，厂里生产代乳粉，主原料大豆加牛奶，机械轧粉、搅拌、烘干、装袋，还成了紧俏货。在代乳粉车间干了三年，调到煮酒车间。那时年轻，肯吃苦。为了学点技术，师傅叫上东不敢向西。每天闻酒香，慢慢地对酒有了感情，时不时背着师傅咂几口原浆酒。跟着师傅，用心记住每道工序。师傅见我听话懂事，便毫无保留口授身传，不到三个月学会了煮酒的整个工序流程，即浸泡、蒸煮、发酵、蒸馏、出酒。不久，车间少了一个酿酒师，厂长打算从泰兴酒厂调人。师傅对厂长说，徒弟小黄能行。厂长说，一个毛小伙子，能挑大梁？开什么玩笑。师傅拍着胸脯说，出了问题我负全责。我领班的七天，厂长天天往车间跑，每次都问，小黄，你真学会了技术？我都说，保证跟师傅做的一个样。结果真的成功了。第一次独当一面，感到有成功的喜悦。之后，厂长脑子里有了个黄树林。当上班组长后，我知道自己没文化，就三天两头往政工科跑，借书看。我这股上进心，也讨人喜欢。那时候，每次借书，都顺带几张报纸。我满脑子想的是，只有学技术，学文化，人才会有出息……”

就这样，三年里，树林学会了酿酒工艺，也学会做人做事。他依靠天赋，通过刻苦学习，还有了一点口才，顺带多了一点“口福”，工作学习之余，自个儿避人耳目，天天独酙小酒两杯，过着“小酒仙”悠闲自乐的生活。

树林告诉我，进黄桥油厂是他人生的第一个好运。那年头，厂里煮酒的小麦都是运输社的机帆船运送。局领导认为这个费用大，不如自己买船自己运，于是厂长物色人员学驾驶。厂长第一个想到他，他改行做船老大是人生的第二个好运。培训一个月，他拿到船运驾驶证。厂里购置一条三十吨的机帆船，配备机工、驾驶各一人。机工张师傅比他大十几岁。那些年，船上柴油机只要出故障，张师傅都是叫他接接拿拿。张师傅好为人师，经常说，小黄做我的徒弟，学习柴油机原理和维修。他求之不得，总是一声声师傅不离口。他上船的工资比车间多，所以用钱毫不吝啬，船上有充足的白酒，也有不少的下酒菜。

两个人虽非师徒，但却胜似真师徒。他生性好学，肯动脑子，动手能力强，一年下来，把手艺学到了手。他就是这脾气，用钱不省劲，肯干不省劲。

树林最引为骄傲、也最值得夸耀的是人生的第三个好运。从黄桥油厂华丽转身，到江苏水利厅下属单位工作。那年水利厅急需水运专业人员，树林符合条件，还多了一本驾照，真是时来运转，吉人天相。

谈及往事，树林自豪之情溢于言表。“到了水利厅，遇上老乡厅长。我一口泰兴普通话，受到厅长的关照。我没干老本行，专司后勤工作。在岗位上，大到职工住房配置、食堂的全面管理，小到住家和办公楼水电维修，我尽心尽力尽职做好分内工作，用辛勤付出，得到上上下下的好评。我执意请求调动，是为照顾家庭。1977 年离开南京，调到江苏省泰州灌溉动力管理处。那年正值泰州党校办培训班，我的处长兼职校长，见我有点俊相有点口才，跟我说，有个教员有水平，就是茶壶里边装饺子有货倒不出，人有点口吃，讲课时磕磕绊绊，你去顶替，用他的讲稿，你来讲。我如实道出实情，我一个小学生，没文化，干不了。校长说，做不了教员，做一个学习辅导员，试试看。没办法，我就胆大试一试。第一次上课，我照本宣科，声音洪亮，读得声色俱全。第二次上课，我找到感觉，时不时一目三行，边读边抬头看看坐着的学员。三五堂课讲下来，我把思政课背得烂熟于心，居然能脱稿讲课，还能在课堂里一边踱步，一边绘声绘色讲。校长听了两节课，用调侃的语言夸我，黄树林，你不是党员，有党员的觉悟；你不是教员，也能胜任教员讲课。”

树林二十二岁结婚，妻子老实贤惠，很会操持家务。为了家庭，树林从南京调到泰州。为了儿子，五十岁那年，他跟领导硬磨软缠要求退休，让儿子顶替。几个领导都说，强词夺理，将来要后悔的。要说后悔，只是工资级别不能如愿。

退休后，本以为从此可以享清福。可家庭变故，老妻于七十二岁说走就走。整座老宅，树林孤身一人，生活全乱了套，陡然的孤独，不思饮食，以酒为伴，失去了往日的精气神，倒有几分痴呆相。那段时日，有不少邻里亲朋劝树林找个伴，一开始他不肯接受。哪晓得，其小妹力主撮合，加之相亲对象的亲姐热心劝说，他心动了，找个情投意合的生活伴侣，还怕别人说三道四？他本是开朗人，不需顾忌世俗偏见。相见后，看到对方寡母一双儿女，当场表态“我们没意见”。女方还执意让他住到对方家中。

那年树林七十四岁，续弦婉儿，小他十三岁。婉儿个性好，心地好，处世好，厨艺好，树林逢人夸她“四好”。婉儿知冷暖，性子温顺。树林好一口酒，婉儿给其温酒，菜凉了给他热菜；天冷了，添衣保暖，穿什么冬衣，全凭她操持。有一次，树林的老伴婉儿只顾走亲戚，忘记买降压药，她每天的“侍奉”少了一味药，婉儿于深夜敲开药店的门，弥补自己的“过失”。这样的贤惠女人，打着灯笼都难找。

树林今年八十六岁，身体还硬朗，就是胃好牙不好。婉儿改变饮食习惯，买来破壁机，自制肉丸、鱼丸、虾丸和牛肉丸存放在冰箱，家里的菜不比小吃店少。要说延年益寿，真的是有口福享清福，小辈子女们个个孝顺，树林又成了全福之人。

何乐而不为

三十年前的一天，好友成兴盛邀我去何姓厂长家。成兴盛坦白说，他不胜酒力，而请客的何文林厂长却是海量，让我陪同，实为酒场助阵。果不其然，何文林豪情奔放，酒过三巡，方知我亦商界之人。于是话题转换，酒场上再走程序。他能说会道，劝酒词一套一套的：第一杯，初次幸会，满心满杯；第二杯，来日方长，好事成双；第三杯，由浅入深，三杯情真。一番“礼遇”之后，我于略带醉意中，有了挥之不去的情结。日后在自由式的交往中，有了一位不可多得的益友。

十年前，我想以文林为素材，撮成一篇小文。可文林直率，一口回绝：“千万别写我。”今年初冬，我重提此事，直截了当，爱你没有商量。文林满脸笑意：“拗不过你，那就随意说说往事吧。”

文林小学毕业，务农几年，贫困的家境得以改善。十分幸运，有人赏识，他进了村办团结五金厂。他善于学习，先是学车工，后又逐次自学钳、刨、铣、冲等工种，是师傅又非师傅的年长者，都对他竖起了大拇指。

“肥水不流外人田”，三柳村的支书看到人家村办厂红红火火，十分眼热。支书做文林工作，一道创办五金厂。初时，全部家当只有两台苏联旧车床，另有仪表车三台。文林当厂长，村里青年十五六人，实行承包责任制，自负盈亏，每年上缴村里一万元。

苦心经营的流光岁月，文林有了明星企业家的光环，有了镇人大代表、市政协委员的鲜亮身份。

1994 年，镇领导赏识人才，打破常规，决意委任何文林为合并后的化机厂厂长。那些年，他脚踩两只船，两肩挑双担，戏言为“两厂总督”。他风雨兼程，事必躬亲，止亏为盈，获得领导和职工的赞许。九年间，只有奉献，不图回报。不要厂里工资，不要厂里报销费用，事事说在前，做在前。直到功成名就，悄然“归队”。

文林喜打牌，口不离一句“一生好的这一桩”。历年来，为应酬，为情感，为娱乐，逢场作戏有，有邀必到有，随遇而安有，如此乐此不疲几十年。

打“政治牌”，与政界人士顺水推舟，有邀必到，有时自作多情，带有拍马屁之嫌，邀人到家来个“酒、肉、牌”三部曲。

打“经济牌”，与工商人士切磋，来个经济交流，以喝酒为名，打牌为实，可谓一举两得。

打“社会牌”，大权旁落交班儿子后，一反常态，不再与各类老牌友玩牌局，一切随心而动，坚持“小来来”原则，这样的乐，何乐而不为？

这些年，每一次喝酒论性情，多有敬酒辞令：“喝个够，不要喝个醉，何乐而不为？”饭局上，文林谈时事，谈家事，谈得最多的是，儿子一把手，媳妇二把手，孙子三把手，头头脑脑太多，没办法，拱手相让，享享清福。

文林幽默，经常妙语连珠。企业交班，实属高明的让贤。那是因儿子青出于蓝而胜于蓝，他内心窃喜，嘴上仍是那句“何乐而不为”。

当年村支书三番五次找他谈心：“依你的工作表现，依你为村里做出的贡献，你完全可以做一名合格的党员，应向组织靠拢，打一份入党申请书。”文林说:“我不够格，不能申请入党。”村支书拿他没办法。几经劝说，文林拗不过村支书的美意，当上了政协委员。有过三届政协委员的历练，文林的人生，积聚了不少政治见解和智慧。

文林重情重义，义气过人。事业之路披荆斩棘一路前行，从没有遭遇过失误。谁知在与友人经济往来方面吃了一个亏。一个朋友接工程,急需五十万,向文林求援。文林说:“忙事业,我支持。”对方钱到手，却未打借条。重友情，又碍于情面，文林就没有当面索要借条，也没有多想。双方口头约定一年归还期，结果多年未还。自始至终，文林从未催款索债。有人说:“你不好意思,我们出面去解决。”文林说:“兄弟情，情义无价。如还我，我收。如不还，让他自己去想；实在不行，让他子孙去想。”还有人说：“此人不是没钱，背地里已购置了豪华别墅。”谁知入住豪宅不久，那人竟撒手人寰。债务之事从此作罢。偶尔有人提及这段窘事，文林总是付诸一笑，不忘幽默一把：“不是上当，是买教训，省得再有重复的故事。”

六十六岁那年，文林已与爱子共事十六个年头。文林毅然决定，把担当和责任全部交给儿子，要退就全面彻底地退，还放下诺言：“从今后不进公司半步！”此话一出，信者寥寥。时光荏苒，文林一言九鼎，真的做到了。他说:“早点交班找快乐，夕阳红下享清福。何乐而不为？”

小月花店

黄桥的鲜花店星罗棋布，鲜有几家以店主大名为店号。活泼开朗的金小月，天生有生意头脑，她租下向阳新村巷子里最小的店铺，开起了黄桥镇上小得不能再小的花店。她果敢创业，以此为平台，终于圆了自己的小小梦想。

2012 年 8 月 18 日，为了梦想，金小月从头做起。她投名师，全身心投入，仅十几天时间，便能娴熟掌握各种花篮的制作技艺。择吉日，金小月躬身在人生新的起跑线，“小月花店”如期开张。这一天，顾客不约而同，只订制小月亲手制作的花篮，既是人情，也是诚挚的捧场。小月花店门前，小月和同仁们现场制作花篮，花团锦簇，人头攒动。这一天，人们的礼赞祝贺尽在数十只花篮里，更在吉庆的花语里。这一天，小月开门红，收获着美美的开业大吉大利。从此，小月披星戴月，事无巨细，为自己这份小小事业打拼。

那年，我的老同学小林病故，恰巧他家与小月花店仅百米之遥。于是，我代表同学们订制花篮十六只。自那时起，因我人脉相对广泛，遇有红白喜事较为频繁，受人之托，大多由我牵头代办。久之，与小月花店交往多了。由此，对小月的人品和手艺逐渐有了不少了解。

论及制作花篮工艺，闲聊时小月如数家珍：大箩花篮，柳条骨架，高两米多，径围一米六左右，三层插花，内置花泥六块；插花程序是，每一层以等腰三角形的顶点为三个基本点，三个点依次相对称，点与点分色插花，每一层，陪衬黄莺绿叶草，花名花色挟带花语，朵朵鲜花错落有致，给人以层次感、立体感，呈现出五彩缤纷的色彩系，整体造型为腰鼓式。她说："花的世界，千姿百态，绚丽多彩，我的店铺五花八门，应有尽有。"那天，我问小月："普通花篮，也就是最常见的价位不高的那一种，制作程序、配花配色，有什么讲究？"她俏皮地说："你也想开花店，我不告诉你，今天收徒，说给你听。若是红事，铺开扶郎、玫瑰、百合、郁金香、红菊、粉菊。站立花架前，先插一层大肚面，各种花朵约二十枝左右，后插二层中肚面，各色花朵约十六枝，再插三层小肚面，各色花朵约十三四枝。立面造型，给人以三个肚面层，各色花朵，错位落点，点与点都有不同的角度和高度，才有层次感、灵动感和丰满感。"

几次与小月交谈，她似乎察觉到我已有潜在的行文目的，这或许与她耳闻我已有多篇散文发表有关。

每当询问到插花工艺，小月兴致颇高："其实插花很简单，只不过，这里边也有构思和创意。花有花语，不同的花组合在一起，造型是画意中的诗意，也就是人们眼中看到的诗情画意。比如，婚车的车头花以簇拥的百合花为主题，寓意百年好合，白头偕老。再比如说玫瑰花语，一枝代表'你是唯一'，九十九枝代表'长相守天长地久'。还有，玫瑰花语于色彩，白色意为纯洁的爱，红色意为火热的爱，粉色意为浪漫的爱，黄色意为为爱道歉。探视病人或卧床的老人，一般用提篮花，大多用大红粉红康乃馨，色彩鲜艳的鲜花组合，寓意早日健康快乐。"

小月忆及往事："父母都来自贫寒人家，养育了三个女儿。因我从小灵巧懂事，父母处处宠着我。我的一举一动特别像妈妈，长相、吃相、睡相、坐相，用流行语‘一切都是克隆的’。母亲四十三岁病故后，父亲伴着思念亡妻之情，对我疼爱有加……”

想到欣慰的事，小月笑说："第一次就业，高中毕业后，我有幸入职国营黄桥布厂做挡车工，一干就是十一年。日复一日三班制，一人管四张织机，开车，巡视，不停地摸疵点，听声音，机声不一样，就能发现疵点，靠手里的丫巴结清除疵点。就打丫巴结来说，熟练倒是自己的长处。在我手上，没有出现过一次质量问题，质检员总说，金小月是免检产品。”

2000 年初，金小月与吴荣才喜结良缘，婚后喜得贵子。那些年，生活甜蜜，小月无忧无虑浸润在蜜罐中。2015 年 6 月，一个不可预测的变故，小月下岗，由此开始，扮演了十年相夫教子的角色……

自从有了自己的花店，小月追逐梦想，用心智经营自己的事业。

2019 年一个夏日，小月接到四十只花篮的大单，她兴奋异常，动足脑筋。狭小的店堂门口，用防雨布搭建遮阳棚，备足鲜花、绿叶、花泥、骨架等用品。第一个夜班，她和先生两人一起干到子夜。先生吴荣才就职中行，第二天要上班，不得不休息。小月个性强势，还有些任性，全然不听先生的劝告，独自干了个通宵。第二天，冒着酷暑，待在如同蒸笼的遮阳棚里，六个人有条不紊，制作一个又一个大箩花篮，每个人忙得汗流浃背。苦苦做了十多个小时，夜幕降临，小月吩咐其他人休息。她满满的自信："还有五只大箩花篮，我一个人包了。”她以惊人的毅力又干了一个通宵，终于如愿以偿。回忆起那一幕，小月噙着泪花说："这是我开花店有史以来最苦最累的大活计，也是最有收获的大生意，更是人生拼搏的大磨炼。”

工作日，小月大多是从早上 6 时开始，一直干到晚上 8 时，才肯罢休。遇有特殊情况，干通宵已是家常便饭。她先生常说："该吃饭就吃饭，该睡觉就睡觉，不要太任性。"倔强的小月总要说一句："我的事，我做主，用不着你多嘴。"两口子拌嘴，每次都是她先生谦让地体谅，不了了之。

小月说："宁可自己辛苦点，坚持插花多一点，价位比人家低一点，以信誉赢得客户的信任，靠优品赢得广泛的客源，这才有人脉效应，才有经营效益。"

小月办事干练，身手敏捷，快中求好，喜欢跟自个儿较劲。每一束手捧花，她都亲自充当骑手，一路风风火火送到客户手中。那年国庆节，天公不作美，风雨交加，她身披雨衣一路驰骋，送一束手捧花给一对定情的恋人。不料途经定慧桥过桥下坡时，一个打滑，人仰马翻，人和电动车摔出好几米远。她爬起来，顿感脚上一阵剧烈疼痛，低头一瞧，袜子已经染红，幸好手捧花完好无缺，电动车还能正常行驶。她顾不了许多，匆忙赶路，及时将手捧花送到有情人手里，这才松了一口气赶紧去医院。这个小教训，花去医疗费大几百。谈及此事，她淡然说："跌个跟头学个乖，晴天快节奏，雨天一定要慢节奏，要不然学费交不起。"此后，急性子的小月多了些从容不迫的成熟。

小月又谈到："这些年最忙碌的日子，是每年的七夕节。自己好强的性格，就是要与时俱进。五年前，我的小月花店，网上申请进入美团平台，配备自动接单机，拓宽线上线下经营渠道。那几年，喜庆吉日，忙得不可开交，有时一天接几十单。每一单，讲质量，讲速度，讲信誉，件件让客户满意为止。心里头只要无差错，网上就无差评。"

十三载岁月，小月以自己的人品，靠诚实守信，赢得金子般的声誉；靠自立自强，迎来鲜花灿烂的诗意人生。愿小月的未来一路踏歌前行，花店异彩夺目，声名日益远扬。

本　色

八年前，我结识了黄金余。他年轻时担任团干部，与我旋哥是好朋友。随后，自然而然，我们也成了朋友。

我的这位金余哥，得知我在学着写散文，一定要我写一写他的舅舅——基层支部书记陈宏庆。听了陈宏庆的故事，我感慨良多，虽说笔力不济，也要勉为其难，记录下陈宏庆的人生轨迹。

陈宏庆，生于1936年，南沙（今属黄桥）印陈人。两代以磨豆腐为生，凭借好手艺，赢得好口碑。陈家豆腐价廉物美，一方方豆腐，定制的木头格盘，刻意放大，比外乡豆腐块大了一框。宏庆上小学遇上荒年，经常有同学向他索要豆腐吃，也有不讲规矩的拿起一方豆腐便狼吞虎咽。宏庆的爹娘面带笑容，从不吭声。即便宏庆领回三四个同学，父母也从不责怪宏庆。好的家风加上教育有方，乡邻都说好人有好报。后来当了支书的宏庆，果然应了乡亲吉言，有出息，脚踏热土，立出党员的标杆形象。

1955年起，宏庆投身到农业生产中，先进初级社，当了社长；时隔不久进了高级社，当上监委主任。他不畏艰苦，凡是重活累活都抢着干，乡里老老少少无人不夸宏庆好样的。十八岁时，受大队支书赏识，说他脑瓜灵，肯吃苦，带在身边做通讯员。三年里，他学着大队支书的一招一式，学得有模有样。

机遇总是留给有准备的人，那时水利是农业的命脉，开河是农业水利工程，更是农业生产的政治任务。每年摊上河工任务，从公社到大队，物色带队干部大多是在职干部。那年，大队支书因身体原因，向公社书记打保票："陈宏庆带队上河工，我放心。"就这样，二十二岁的宏庆，领命带队上河工。

出河工，场面宏大，人山人海，各队人马各显身手。宏庆处处走在前，分段的工地，插红旗，立标语，半人高的标语牌上写着："一车推个泰山顶，一锹挖到东海深。"他把公社书记的动员令，写成一块块标语牌。每天开工前，土方任务分到组，土方量落实到人头。晨会结束，高呼："鼓足干劲，力争上游！苦干实干加巧干，誓叫山河换新颜！"宏庆组织有力，指挥得力，着实把大家拢到一块，想到一块，干到一块。

那时，上河工的筹备工作大多是有钱出钱，有粮出粮，有人出人。印陈村有好的村风，只要办事情，都能心往一处想，劲往一处使。宏庆说："印陈人，争气，大气。"

宏庆带队上河工，坚持同吃、同住、同劳动。偌大工地，干部有脱产的，有半脱产的。陈宏庆与众不同，天天出满勤，干满点，使满劲，每天一身泥巴，一身汗水，脚上开裂出血，嗓门嘶哑。每逢抢龙沟关键时候，他一马当先，奋不顾身，处处身体力行。这样的带头人，民工们个个佩服。

休息时，宏庆不肯歇着，跑到伙房看伙食，严肃交代："大伙儿很辛苦，一定要让他们热菜热饭吃个饱；晚上洗脸洗脚，热水不能少。"

三次带队上河工，每一次宏庆都是手捧奖状，怀揣锦旗，胜利而归。他还被评为广陵区共青团积极分子，光荣出席扬州地区积代会。

三年后，陈宏庆就任印陈大队党支部书记兼公社财粮委员。他不辜负组织信任，敢于挑重担，善于抓工作。他带头大搞平田整地，原本高低不平坑坑洼洼的零碎田块，辟为成片良田，成为公社的样板田。

那年头，社员们当面叫他陈支书，背地里喊绰号“雷声”。缘于嗓门大，人称“雷声菩萨”，简称雷声。

那年，公社召开插秧现场会。公社书记召集大队和小队干部到印陈村实地观摩水田插秧。田间，一块块，一排排，一行行，插秧能手弯腰细作，秧苗在手，插得稳准，棵棵如样，横竖上行。满田里那个穿军装的宏庆是插秧在最前的好把式。现场会上，公社书记高喊：“希望大家向赤脚支书宏庆学习。工作就要泥巴裤腿，就要赤膊上阵，这才是社员群众眼里的好干部。”

1979 年，宏庆被评为先进干部。

宏庆的小女兰芳，从小勤快，上学回来都要打猪草。小学二年级的一天，放学迟了，平时总是到沟坎打猪草的兰芳眼看来不及了，便溜到队里种植的绿肥草田，做贼似的捞满一篮子。一进家门，不料迎面撞见支书爸爸。宏庆一看，篮子里的猪草居然是清一色，随即大声吆喝：“混账东西，胆大妄为！给我送到队里猪舍去，回来再说……”当天晚上，召开家庭会。宏庆两手叉腰，一口大嗓门：“记住，咱家的家风，正直善良，乐于助人，勤劳节俭，立德做人。要知道，做贼就从挑菜起，兰芳你居然敢偷公家的绿肥草，这还了得？你们听着，不管什么时候，公是公，私是私，切不可借公济私，以后我的飞鸽公用车，不管什么人，谁也不能用。”

曾当过小学校长的陈永杰（宏庆的儿子）谈到家风，还提到家教对小一辈的影响：“那年堂兄陈永生当兵，我爹撂下一句话，‘永丫头，到了部队，干不出一个党员别回来见我’。堂哥退伍后，做了代课老师。

我爹又是掷地有声，‘端好泥饭碗，将来才有铁饭碗’。我爹这人既霸气，也豪气。他教育有方，晚辈一个都没有让他失望。栽培的儿子、侄子和外甥，三人一路成长，两个校长，一个科长。我爹常常自夸自说，‘总算一代要比一代强’。”

宏庆抓工作，大事不含糊。当年，整个印陈大队最缺的是电灌站，抗旱要它，旱改水要它。而建电灌站的前提是要有三相电。他思来想去，与大队队委们商量，到信用社贷款一万元，不足部分，向个人借款，为的是接通三相电。他甩开膀子，连续苦干。一身汗水，一路架线。有墙的靠墙，有树的排到树干上，没有依靠的地方，竖根毛竹当电线杆。十几天，把三相电拉到九个生产队打谷场上。

几个月下来，九个生产队的三相电经常发生跳闸故障。为查找原因，宏庆沿着架设的线路一路查找，一路寻思。土法上马固然见效快，但存在安全隐患。眼下的跳闸，也是与架线不规范有直接关系。想到这儿，他拿定主意，要把事办好。于是雷厉风行，刚铺设好几个月的线路，推倒重来。背负债务，买来三十八根水泥电线杆，不出一个月，整齐的电线杆成为一道独特的风景线。

每日的工作，宏庆起早摸黑习以为常。每天家人留着虚掩的大门，候着晚归的大忙人。一天夜里，有过路梁上君子，顺手牵走他家的洗脸铜盆。事后，他不许家人声张，自嘲说：“支书家失窃，只好打掉牙往肚里咽。”随后接受教训，改造门户。同时举一反三，把防火、防盗、防事故，提上议事日程。因“祸”得福，当年他获评公社治安工作先进个人。

“文革”时期，宏庆曾经遭到批斗。出河工时，他曾获得六面锦旗。面对荣誉，他一贯低调，就没有拿出来，随手交给了妻子艮华。有一年，小女兰芳闹着要做新衣裳，而手头没有布票，兰芳妈背着宏庆拿出两面锦旗给小女做了件小棉袄。到了“文革”，这事算得上大事件。批斗会上，“居功自傲”“窃取荣誉”“糟蹋集体荣誉”，罪名从天而降。宏庆忍辱负重，受了三年冤屈。

自从村里通上三相电，大队建有三麦加工厂，九个生产队，队队有脱粒机。这时，宏庆又想到学苏南，赶先进。他白手起家，创办玻璃仪器厂，后又创办砂轮五金厂，搞得红红火火。公社看到他的工作业绩，也十分眼红。不久，他一手创办的厂都改属社办。面对这样的变数，宏庆虚怀若谷："我是党的人，党叫干啥就干啥，村里办的厂，就是公社办的厂。"这一年他被评为优秀党员。

20 世纪 80 年代中期，政治体制改革，推行干部年轻化，宏庆卸任了支书一职。恰逢宁通公路建设，他放下身段，以不变的党员身份，融入同吃、同住、同劳动的新环境中。几个月干下来，与大伙儿一起，挑土、推土、培土，他还是老把式，不输任何人。

那几年，虽然宏庆无官一身轻，但公社党委还惦记着这位老支书，仍不肯把他当闲人，于是指派他负责全公社的沼气建设。不到一年，就圆满完成了任务。

要说任职期间，宏庆生活节俭，一件藏青的卡其中山装，只舍得开会时穿，春节期间穿上半个月。那年腊月初，十二岁的外甥闹着要新衣裳。宏庆拿出一条床单，说是染一下，做一套学生装，可以穿几年。他自言自语："我一件中山装穿了八个年头。外甥不离舅家门，你要好好向舅舅学习，做个有出息的人。"

乡里要兴建自来水厂，乡党委一班人热议：这项民生工程，涉及千家万户的切身利益。大家的目光一齐投向宏庆，都认为他是最佳人选。于是这副重担落到宏庆肩上。厂址选在印陈时，矛盾又集中在两个组之间，早已不是支书的宏庆放下身段，以调解员的身份挨家挨户，晓之以理，动之以情。他说："我是一个老党员，请你们给足老面子，高抬贵手，支持我的工作。"这时候，他的雷声，化作了细声细语，最难时，以泪换情。宏庆费尽心血，最终，家家户户接通自来水。此后，乡党委书记找宏庆谈话："老支书，印陈村不少群众反映，这两年村里的工作大不如前，强烈要求你回村里挑担子。尤其是村里的老干部印书记，点名支书的位子非宏庆莫属。乡党委一致认为，这副担子还是你最合适。"宏庆说："我是一块砖，任由党来搬。"

老支书陈宏庆在退下来不足两年，东山再起，再任村支书，又当了四年。

侄子陈永生这样评价陈宏庆："正直的叔叔，事业是成功的，家教是成功的，不愧为一名优秀党员。"

女儿陈兰芳坦言："若论物质财富，父亲一生只在祖宅的宅基上建了三间五架梁瓦房；若论精神财富，家风传承，立德做人，父亲是功德无量的。"

儿子陈永杰说："终其一生，父亲是我们的楷模，流芳一代又一代。"

外甥黄金余动情地说："舅舅在我们心目中，永远是一个了不起的人。"

他的跌宕人生

黄桥，红色之旅的打卡地。这里有一位曾经的军人，有一段令人难以置信的悲情故事。

那些年，那些事，时间的扉页记着闾其龙的名字。

出生于黄桥革新村的闾其龙，家有三间七架梁瓦房，因家境殷实，祖上遗留些许房田，于是有了富农的身份。其龙兄弟姐妹几人，随着家道衰落，他上不起学……他早早守护田园，扎根农田。与生俱来的农家汉，凡事都喜欢琢磨，尤其对二十四节气农事播种了然于心，每一桩农事，细致入微处，都得琢磨透：哪块农田适合种什么，什么时候种是最佳时机，怎样应时应点扯草、施肥、治虫，才能优质高产，才能不负辛勤劳作，获得所期盼的效益。他一个地地道道的农民，承载祖祖辈辈的家风，吃苦耐劳，积俭积德。二十岁前，他就是革新村的种田能手，打磨出耕耘收获的好把式。

其龙于 1951 年有了人生闪亮的转折点。年仅二十岁，他义不容辞响应党的号召，参军抗美援朝，任志愿军 260 部队某团某连某排炊事班班长。初入伍，他偶然借调炊事班帮忙，老班长一眼看中他，说他头脑灵活，手脚勤快，是块有手艺的料子。他凭心灵手巧，娴熟的厨艺，一个月不到，破格当上炊事班班长。

三年烽火连天，硝烟弥漫，战地艰苦环境，战场枪林弹雨，他一往无前，以身作则当排头兵，一次又一次出色地完成了炊事班任务。

入朝第二年的一个冬日，他一个人在废弃的掩体内蒸馒头，外面气温零下二十几度，洞口封得严严实实，灶膛内炭火熊熊燃烧，不料，他因煤气中毒倒下了。幸亏战友及时发现，送医抢救他才捡回了一条命。

前沿阵地，构筑工事掩体，搭建伪装网，每一处加固主要依靠麻绳绑扎固定。这个用绳子打结的活儿看似特简单，其实不然。打结的手法有扎牢和松动的两大区别，不同的地方，绑、扎都有讲究。最有效的打法，有套结、拉结、死结，其龙大显身手，不厌其烦讲解演示，手把手教会战友们这个技术活。他在前线阵地，展露了自己手艺人的强项，不但提高了效率，而且使得所筑工事极为牢固，为此他多次受到军区首长的嘉奖。入朝作战三年，他坚守自己的岗位，又设身处地为战友着想，用一颗火热的心，释放智慧的火花，以果敢和智慧与战友们并肩战斗。他奉献青春，火线入党，荣获三枚军功章。

1953 年 8 月，闫其龙光荣退伍，回到故乡当上了大队会计，并积极投入农业生产中。开沟挖渠，平田整地，热火朝天的劳动场面，都有其龙身着黄军装的身影。冬天农闲时，他踊跃报名上河工，一身汗水，挖土、挑泥、推车，还像当兵时的排头兵，干劲冲天，恰如那惊天动地的口号“苦干实干加巧干，誓叫山河换新颜”。

其龙从一名军人转换为农民，他热爱家乡，眷恋这片热土。他遵从祖训，吃苦耐劳。种好田，过好自己节俭的日子。然而，一场“文革”风暴彻底改变了其龙的命运。那年代，国家实施“唯成分论”的政策，他身背富农身份，屡遭打击和迫害……其龙心里明白，大队支书王某某与父亲年轻时有过节，两人青春期争风吃醋，那时父亲占上风，对方占下风。为此两人结怨，这个“毒”终于结到了其龙身上。工作上，其龙为人正直，经常不给支书面子。那几年养猪，每家每户发饲料，都由队委几个人挨家挨户核实存栏几头猪，共同评估每头猪的体重，据此核定发放饲料数量。王某某身为支书，感情用事，信口核定发放标准。因为他的不公，其龙与他多有争执，久而久之，加深了两人的矛盾。

1974 年冬，其龙所在的革新大队仓库深夜发生“黄豆失窃案”，一时轰动整个三里公社。县公安局和派出所成立破案小组，经排查，闾其龙被列为重大嫌疑人。事发后，大队支书出于不可告人的目的，授意生产队队长王某某，串通闾其龙的嫡亲之人仓库保管员，三人蓄意编造谎言，捏造事实，形成一条造假的证据链，据此认定作案人为闾其龙。加之办案人员采集证人笔录时草率从事，三天不到遂宣布此案告破。蒙受不白之冤的闾其龙，从此身陷冤假错案的灾难中。

无法想象，一名抗美援朝的战士，一个火线入党的党员，一个掌管大队财务的会计，一个传统农耕的农民，竟被几个小人陷害成“梁上君子”，身败名裂。这冤情怎么申？问天天不应，问地地不灵。在他人生暗无天日、以泪洗面的日子里，他昂头挺胸面对残酷的现实，勇敢地走上了艰难的申诉之路。

夜里，他声嘶力竭地与苍天对话：还我公道，公道自在人间。他坚信，公道不可泯灭，正义一定会战胜邪恶，不会缺席，法律总有一天还其清白。

在那蒙冤的日子里，闾其龙白天上田头，镇定自若，昂头挺胸，与群众打成一片。夜里他反复写申诉信，寄往有关部门，只要一听说公社开大会，他就书写大字报，叫儿子贴到三里大会堂宣传栏上。他以不屈不挠的斗争精神向世人宣告，自己不是做贼心虚的小人，不是共产党内的败类，他要的是让真正的窃贼伏法，让真正的小人露出真相。

其龙告诉子女们，千万不能忘记党的好干部。蒙冤的四年，公社党委曾两次建议开除闫其龙党籍。第一次是印正玉书记力排众议，为他保留党籍。第二次是吴金殿书记义正辞严：有功之臣，怎么会是小偷？他年年上访，肯定有冤情。两位恩人的正义之举，保全了其龙蒙难中的政治生命。

四年后，云开日出。其龙从暗无天日的阴霾中走出，终于看到自己的光明人生。三里公社“黄豆失窃案”水落石出，窃贼惯盗系叶××。冤案真相大白，一日之间闫其龙洗清了身上所有污迹，在铁的事实面前，参与诬陷之人，有人无地自容，有人得到报应。其龙一家永远不会忘记1977年的那个冬日，三里公社革新小学操场上，公社党委专题召开闫其龙平反昭雪大会。大会的议题，一是为闫其龙恢复名誉，洗冤正名；二是宣布对时任大队支书××实行“双开”的决定。特邀闫其龙上台讲话，其龙满眼泪花，声音颤抖，倾诉心声：“感谢党和政府还我清白，感谢亲人们的理解和支持……”乡亲们的掌声经久不息。

四年沉冤昭雪，给了其龙第二次生命。适逢改革开放，他依然一身打着补丁的旧军装，日出而作，日落而息，躬身种好自己的责任田。阳光下，荡漾灿烂的微笑。

其龙在沉寂的岁月，始终抓住家教不放，他笃信再苦不能苦孩子，再穷不能穷教育。一家人勒紧裤带过日子，始终不忘备足孩子的学习用品，舍得花钱购买教辅书和中外名著。苦心人，天不负，祖祖辈辈务农的老闫家终于走出了第一个大学生闫文群。

其龙的人生，是跌宕的人生。1983年，抱病多年独自忍受的他，被确诊晚期肝癌。本可以依赖现代医疗延长生命，他却以惊人的毅力拒绝治疗。

1984年9月，其龙走向生命尽头的那一天，他拉着小儿文群的手，殷殷嘱托：“群儿，父亲勤劳一生，没有摘掉贫穷的帽子，因为家境贫穷，你三个姐姐只上到小学，你哥哥也只勉强上到初中。我还是那句话，读读读，书中自有红烧肉，自有黄金屋，自有颜如玉。你将来，只有知识能改变命运，万望你为闾家争气争光，光宗耀祖，我在九泉之下等你上大学的喜讯……”其龙松手的那一刻，十五岁的文群泪如泉涌。从那一刻起，文群立志，铭记父亲的临终嘱咐，考不上大学，誓不为人！他有了强大的原动力，初中三年，他从全班七十二人倒数第三，到初二前三，初三跃居第一，全班中考七十二人，他是初升高两人中的一个。高中三年，他奋发励志，埋头苦读，全校参加高考一百零二人，录取十二人，三里中学掀开崭新一页，洗刷几年高考榜上无名的屈辱。这一年，其龙之子闾文群考进南京中医药大学中医专业，开启了光宗耀祖的人生旅途。四年后他被分配到黄桥镇医院，十年后，因其精湛的医术，他又被调进泰兴中医院。又过了七年，文群不安于现状，他笃信天生我材必有用，大胆辞职，来到他的福地南京，雄心勃勃开拓新天地。他的抉择，为了却父亲摆脱贫穷的心愿，不能只为自己的小家着想，决意要为五个兄弟姐妹着想，一人富不算富，大家庭共同富裕才是真正的富有。他毅然决然脚踏南京热土，拿出当年父亲在江西的拓荒精神，开创属于自己的中医事业。

文群讲述父亲在江西开荒的八年岁月，噙着泪娓娓道来：“从记事起，父亲不厌其烦讲那昨天的故事。父亲回忆道：‘1959年自然灾害泛滥，庄稼颗粒无收。饥荒年代，为身家性命，我大胆携妻拖儿带女，一路逃荒，一心想到江西省彭泽县湖西乡寻找战友，好在有山有水的地方落脚。俗话说靠山吃山，山上有干柴，有木耳、竹笋，还有飞禽走兽。靠水吃水，有水的地方，就有鱼虾和螺蛳贝蚌。到了倚山的湖西村，不远处便是鄱阳湖，没有找到战友，我找到当地的热心肠老汉，说明来意。老汉仗义相助，腾出一间竹棚，让全家安顿下来。日后天天上山，我找着一块块山地，手把手教会当地人种芝麻、栽水稻。他们见我种田在行，三户人家团聚一起，上山打柴，找山珍食物，打野猪野兔野鸟。山地田，不断开荒，粮食年年有余。随后在当地人帮助下，搭建了两间竹棚。后来又增加三户逃难的人家，大家互帮互助，相互依靠。山上的活儿，山里人教会了我；耕田种地，我教会了山里人。起初他们不吃湖蚌、湖螺，跟着我学会了摸蚌捞螺，跟着老炊事班班长，做出一道道像样的饭菜。我当着大家的面，炫耀过入朝作战的三枚军功章。八年里，与他们有了深厚的感情。那些年，我又添了一双儿女。我在朝鲜三年学到的文化知识派上了用场，我既当爸又当家庭老师，每天忘不了讲讲故事。要不是你妈想老家想疯了，我还真舍不得江西的山水，还有那些江西老乡。'”

文群又说："父亲特别喜欢听评书，村里来了说书人，父亲不带哥哥姐姐去，只带我一人去听书。我从小长得白皙俊秀，还有一双大眼睛，显得机灵。时间久了，父亲和说书人结交为朋友。那人每次来庄上说书，吃住都在我家。"

其龙的家教，入心入脑，教育有方。文群上小学三年级时，炎炎夏日，同桌同学拿着红色塑料空心管，递给文群："你吸上一口。""蛮甜的，哪儿买的糖？""不用买，两个鸡蛋，到供销社下伸点换一小包糖精。"文群如法仿效，美滋滋尝到了甜头。其龙发现家中仅有的九只蛋少了两只，当天吃完晚饭，大声责问："群儿你是不是拿了家里两只鸡蛋？"文群泪眼汪汪点了点头。其龙拉住文群，在他屁股上连打三巴掌，打得他痛哭流涕。从此，文群记住了俗语"做贼就从偷菜起"，终生难忘。

2007年6月，辞职后的文群带着梦想，以父亲的开荒精神，开拓自己的中医事业。十六年间，亲手创办了妙手堂、兼济堂、两济堂三个中医门诊部，成立了南京济苍健康管理服务有限公司。如今他事业有成不忘家人。当初辞职是为了实现父亲遗愿，是为了兄弟姐妹共同走向富裕之路。如今，闾其龙的人生追求，在儿子文群身上变为现实，兄妹六人几十年如一日，抱团取暖，其乐融融。

闾其龙是战士，是党员，终其一生还是农民。他英年早逝，离开人间已四十年。儿子闾文群说："想念父亲是痛心的回忆！多少心愿，子欲养而亲不待。随着岁月流逝，思念和痛楚相伴，变得越来越深。父亲一生鞠躬尽瘁，为儿为女操碎了心，未享儿女沐恩回报，如此憾事，痛煞亲人。"

那一天，文群对着闾其龙的遗像说："感谢父亲，是你的人品，言教身传，教会我们做人做事；是你的品质，给了后辈高尚的人格；是你的善心，让我们书写上善若水……"

从善如流，善人终有好报。可不是嘛，九泉之下的闾其龙，为有闾文群这样的骄子，一定会感到欣慰。

乐在夕阳余晖中

泰兴市九久乐老年人服务中心，旗下拥有九久乐养老院、九久乐护理院、九久乐医院、九久乐老年公寓，至今又衍生出泰兴市鸿宇康养中心。自“鸿宇”闪亮登陆黄桥的那天起，曾经供职于“九久乐”的金余兄多次介绍，九久乐集团领军人物徐珍女不愧为女中豪杰，历尽艰辛把企业做好做大做强，是一位传奇式人才。解读徐珍女，冠以企业家，点为女能人，赞为女强人，一点不为过。

她经历丰富，干了一个又一个事业。其成功之处，在于每一个阶段都有出手不凡的闪亮篇章，每一段艰辛创业的过往无不闪耀着女性的光芒，彰显着敬业的情怀，标志着人生的境界。她义无反顾，把有限的几千万“富翁”资金，投入富含爱心的养老事业中。她眼光独到，用善心演绎事业的大爱无疆。她似乎又回到创业原点，成为新的“负翁”。

见过徐珍女院长，她有感而发，娓娓道来……

回首走过的路，历历犹在眼前。

2011 年 5 月她第三次创业，涉足养老服务业，取名“九久乐”。其意寓：一则九是一位数中最大数，也富含玫瑰花语，坚定的爱；二则久是直白的天长地久；三则乐是快乐到永远。一个乐，乐天为乐观主义；一个乐，小天地尽可乐翻天；一个乐，无忧无虑欢乐行；一个乐，夕阳无限好，人生当须乐。

她第一次创业，开了一家饭店，以诚信经营赢得声誉，以人品菜品赢得口碑，以价位美味赢得效益。待客之道，主动、热情、耐心、周到。她善解人意，店里常备几把广告伞、几件雨披、几只头盔。雨中情，少不了雨伞和雨披；醉与非醉的食客，一路行，少不了头盔；若是驾车的醉客，徐珍女比代驾还要亲切，她总是将客人送到家人面前。她以一颗善心，善待每一位客人和员工。大厨小叶家远，每天往返驾摩托车，徐珍女第一时间赠予头盔，嘱咐他凡事安全第一。大厨小叶遇见这样的好老板，不计报酬高低，用出色的工作感谢老板的关爱。她以心换心，换得大家心连心。她以管理者的角色，用心用情体现凝心聚力的团队精神。五年里，她靠诚实苦干，靠品质取信，靠人心合力，唱响了爱拼才会赢，收获了耕耘的第一桶金。

二次创业，缘起其饭店地处泰兴经济开发区一片开垦地的一角，她见证着田野上一座座工厂拔地而起，眼前日新月异的景象触动她寻找新商机的欲望。她不经意间发现不少制造业厂家，每天都有源源不断的各种金属边角料、各种化工废料、各种金属废料，捕捉到“变废为宝”的商机，来了一个事业的大转身。她以废品收购者的身份，穿梭于众多厂家。初见成效后，她有了一家再生资源公司实体。同年，她又创办了一家灯泡厂。创业实体，奠定了创大业干大事的物质基础。其间，她还以休闲的心态，用“玩票”方式加入保险业。三年里，她证明自己，想干事就能干成事。当她做上营销经理时，她又在谋划人生的转折点。她人生的价值取向，坚信只有起点，没有终点。她不离口的金句是“干事创业，永无止境”。

她有过事业的休眠间歇期，儿子成家，有了孙子，尽享天伦之乐。然而，埋在心底的是梦想，只要有梦想，一定会去追逐。

不少与徐珍女有过交集的人，大多是赞美之词溢于言表。有人笑说："你是成功人士，以你的身份和身价，与其小下腰，不如挺直腰，干你想干的事业。"一语点醒休闲人，那些天她几经徘徊，几经考量，记忆中跳出邻居两位老人的生活情景。两位老人一个七十三岁，一个七十六岁，年事已高，子女都在外工作。随着身体衰老日渐严重，许多事力不从心。徐珍女见状，安慰两位老人："以后我负责你们俩的饭菜。"那几年，不管饭店多忙，她都亲自送上可口饭菜到老人家手上，直至二老归天。最使徐珍女铭心的情景："我父亲一场大病，危在旦夕，虽然有钱可以找最好的医院，请最好的医生，但生老病死自然规律谁都不可抗拒，有钱不能挽回生命，有孝有敬才是真正的幸福。人都有老的时候，何以善待人生的归宿，何以践行百善孝为先，这些我想得很多。"思考养老事业课题，徐珍女愈发往深处想，她动情地说："难道老人们就该孤力无助、如此凄凉？为什么不能让有护理特长的人照顾老人，代尽孝义，替人分忧，把能够创造社会财富的人从烦琐家务中解放出来？"她用辩证的哲思理清思路，找准方向，大胆决策果断拍板，开设九久乐养老院的宏伟蓝图横空出世。

2015 年 5 月，徐珍女在泰兴自动化仪表厂的旧址上，以全新面貌创办泰兴市九久乐养老院。她描绘的第一幅九久乐平面图，占地面积五万平方米，建筑面积四万多平方米，规划设置有单人间、双人间、三人间、四人间，可容一百五十人入住。

"九久乐"初创，员工是她和先生沈石玉、两个护工、一个厨师兼门卫。开业时，仅一位七十二岁老人入住。徐珍女笑谈："那天我心里乐滋滋的，有人住，就是开门红，就这样我们唱起了五人转。人说万事开头难，我说世上无难事。"

自信的徐珍女接着说："说来运气真好，一天一个样，几乎天天有老人入院，多时一天五六个，一个月达到三四十人，半年后达五六十人。当年入住率达到95%，第一年就是满堂彩。”徐珍女钟爱的养老服务事业，从此启航。

想当年，她注重暖心工作的每一个细节、每一个环节。老人住好、吃好、睡好是必不可少的要求，必须细化落实护理工作的全过程。老人的洗脸、刷牙、扫地、修剪指甲、室内通风，还有定期拆洗被子，定期室内消毒，安排得井井有条，一切为老人享受生活创造最有利的条件。

徐珍女有一段糟心的事，从未向人提起。

那年寒冬腊月初三，深夜时分，护工小梅电话报告：“徐院长，12号房间的张大爷快不行了。”她一骨碌穿好衣服奔过去，立马傻了眼，怎么办，开院以来这是头一遭大难事。心急如焚，她立即拨打老人儿子的电话，又拨打老人媳妇的电话，十分钟拨号都是无人接听。手足无措时，她仍然镇定地想到，养老事业，临终关怀，送老人一程，是养老服务事业的必修课。她明白，面对死者，无论如何，必须拿出勇气克服恐惧，自己情绪失控，会直接影响其他员工。那一刻，别无选择，只有壮着胆豁出去。她当机立断：“快，我们把张大爷的寿衣穿上。”面对微温的尸体，她干了一件从未做过的事。那一刻，泪水滴在老人身上，她以孝女的身份，尽一份做女儿的孝心。她伸出颤抖的双手，为老人穿衣整容……

第二天天刚亮，逝者的儿子儿媳回过电话迅速赶到养老院，见到老人穿戴整齐的遗容，放声大哭，夫妻二人跪在徐珍女面前，一再表达谢意。

进入角色的徐珍女，把老人当作自己的亲人，用自己的真心、热心、细心、耐心、爱心，树立起响当当的养老服务“九久乐”品牌。

入院三年的常雪珍老人说："徐院长把老人当作自己的父母，处处无微不至关怀着、呵护着，每一次见面，问长问短，问寒问暖。有的护工粗心大意，工作不够细心认真。徐院长亲自动手，帮助整理被子，剪指甲，抹桌子，开窗子。院里的护理人员佩服她，我们全院老人感谢她。"

徐珍女谈到日常工作："每到一个房间，都要打开空调和电视，亲自调试有无故障。工作不到位的地方，自己动手做一遍，每一次都要俯首帖耳问老人冷暖，饭菜是否合口味，身体好不好，想不想家人。"

她倡导"五心工作法"，以人为本，事必躬亲，大处着眼，细处入手。

每天的例行检查，她关爱到每一位老人，贴心服务。冬天有的老人不喜欢空调，就配备热水袋；有的老人上卫生间不便，就配备大小便器具。她常说："只要老人想到的，没有我徐珍女做不到的。"老人想念子女时，她即时用视频电话，让老人面对亲人叙叙家常，问这问那。遇有特殊情况时，她以院长身份及时邀请老人子女来联络感情，解决问题。她始终用爱老之心，博得老人们的欢心，让老人们切身感受到"九久乐"是老人们温暖的家。

三年来，她用暖心工程，叠加养老服务的阳光工程，依靠创新驱动，走上医养高质量发展之路。

九久乐医院开张后，经济效益、社会效益双双开门红。七十二岁的马甸人老张长期患基础病，因突发脑梗住进泰州医院。其间病情加重，医方认为治愈可能性极小，建议居家服药维持现状。家人权衡再三，将老人交给九久乐医院康复。其实，主任医师已明确告知：康复希望非常渺小。徐珍女说："只要有一线希望，我们会尽百分百的努力。"她迎难而上，建立专门班子，特事特办，"要尽可能创造一个康复奇迹”。患者入院十多天，一直神志不清，处于半昏迷状态。医护人员精心诊疗，针对患者的细微变化，不断调整医疗方案。通过三个月的精心治疗和护理，老张从能坐能站，恢复到能行能说话。口口相传，一个奇迹出现了。老张出院后，又转到九久乐护理院。老张感动地对徐珍女说了句 :“我相信九久乐，相信品牌的力量。”

徐珍女始终关注养老院老人的最后一程，对老人的临终关怀温馨到每一个细节。

黄桥老区的九十三岁龚老太，长期患多种慢性病，生活不能自理，儿子在上海工作，无力照料老人。冲着“九久乐”品牌，儿子龚先生将老太送来，说 :“徐院长，我认定你的名气，今后你就是我的姐姐，我把母亲托付给你，请代我尽孝，一切拜托了。”

龚老太入院后，徐珍女信守承诺，指派专人护理。老人哮喘病发作时，她亲自送医治疗。面对耳背的老太，她常常大声说“我是你的女儿”，一次次哄着。围观的老人们，一个个伸出大拇指。

2017 年 5 月 1 日，老太病情恶化，危在旦夕。情急中，徐珍女联系到在新加坡出差的老太的儿子。对方在电话里诚恳地说 :“请徐院长全权处理我母亲的后事。”徐珍女又以女儿身份，按民俗设灵堂，摆花篮，奏哀乐，送老人最后一程。这一幕通过视频电话，实时实景，让老太的儿子如临其境，感动不已。

2017 年组建九久乐艺术团。硬件方面，有二百五十平方米排练场，有舞台音响、灯光设备；软件方面，有专业和业余艺术人才组团。从此，徐珍女名下养老院的老人们不用出门，就能经常看文艺演出，欢享精神生活的愉悦。

九久乐艺术团可不简单，一路高歌，登上泰兴春晚、江苏春晚。公益行，送戏下乡，文明、法治、安全宣讲，忙得不可开交。每逢节假日，徐珍女带领九久乐艺术团，走进街道、社区、村头开展公益演出，一路唱着《九久乐之歌》："人生后花园，夕阳红似火……"

如今，"九久乐"创始人立于潮头，顺势而上，搭建"智慧养老"平台，着力打造更多没有围墙的养老院，逐步形成"互联网＋物联网＋云技术＋养老"新格局，创建系统模式，配置老人应用一系列智能设备，实现与子女、服务中心、医护人员的信息互通，变老人入院的被动服务，为居家主动选择服务，普惠居家养老享受专业化养老服务。其服务特色涵盖生活帮助、日间照料、康复护理、紧急呼叫、人文关怀、精神慰藉、法律援助等方方面面。

徐珍女金句："只有老人想不到的，没有我徐珍女做不到的。'九久乐'的老人，老有所依，老有所乐。"

八十一岁的老干部与八十岁的女老师，生活中互相关心体贴，撞出了感情火花。温文尔雅的女老师每天主动靠近老干部，送水果，送美味，帮他手洗衣服。老干部乐意沟通交流，日久生情，两情相悦，意趣相通，有时还在院里旁若无人，十指相扣散步。影视剧中的美好镜头，成为"九久乐"的现实版。徐珍女看在眼里，放在心上，这是建院以来一段奇特的恋情，何不成人之美？她抱着试探的心态，分别征求双方子女意见。双方子女十分开明，一致赞同老人成婚。二老的婚礼，在"九久乐"多功能影视厅隆重举行。双方子女悉数到场祝贺，作为证婚人的徐珍女，见证了这首感人至深的黄昏恋歌。

走进"九久乐"，需要聆听、观察、分析。渐晰渐明，那就是立体丰满、处处闪光的"九久乐"。

事业有成的徐珍女发自内心感谢家人、亲友的理解与支持。她说："老伴和儿媳的高姿态、大格局，让我感动。儿子的志向，让我自豪。儿子已郑重承诺，时刻准备着，接手养老事业。我的'九久乐'，这一份大爱无疆的养老服务事业，有我的团队、有我的接棒人接续奋斗，追逐梦想。”

未来，有着市人大代表光环的徐珍女将会打造更多更好的养老系列阳光工程。未来，徐珍女的“九久乐”和黄桥九久康养老院，将会齐头并进谱写新的篇章。未来，徐珍女的人生之路依然是登高望远，砥砺前行。梦想成真之时，一个又一个“九久乐”，乐在夕阳余晖中。

悠悠岁月故乡情

捧读《岁月印记》，眼前一亮。书中主人翁，形象立体丰满，富有金属感和雕塑感。主人翁是亲家公——印国林，细细品味，字里行间，文如其人，行文细腻，笔触感人，文品人品，质朴无华。他，大写着“立人”“立德”“立业”，他的一腔热血，犹如滔滔江水，涛声、浪花、险滩，追忆着昨天的故事……

之前我熟悉的印国林气质儒雅，虚怀若谷，胸怀宽广，事业有成。

仰慕他，始于2009年金秋，他女儿印菲与我儿刘江为泰兴电视台同事。从此，缘分来了，自然而然，我走近了这位企业家。

2010年金秋的一天，他设宴于倚水而立的星月饭店。当我走过几个包厢，抬头看见“国星”包厢，遂联想到泰兴市洋思电镀厂近期更名为泰兴市国星表面技术有限公司。我笑言：“这包厢是特意为贵公司专设的。”席间，刘氏四兄弟与国林约定，不以印总相称，也不必称呼刘氏兄弟作家、老总、书记等，今后皆以亲公互称。大家举杯互敬，一致叫好。

每次聚会，酒兴时亲公们夸国林人品，不忘重要的事情说三遍。从办公室悬挂的“厚德载物”细说到他奋斗中的“自强不息”。点赞国林亲公，有礼仪之道、经营之道、成功之道。赞美之词，真情实意，有感而发。

记得我与亲公把酒言欢，他兴致使然，忘却美味佳肴，忘却杯中美酒，叙述起不堪回首的童年……

1954 年 9 月，国林生于扬子江畔毗邻洋思港口的刘家印氏门族。他来到世界的这一天，恰逢特大洪涝灾害无情肆虐，也许是命运的安排，注定了他要历尽人生的艰苦磨难。也正是这所磨难大学，验证他历炼苦难，方能铸就日后辉煌。

当时他家六口人，他出生那年，只有奶奶见孙子虎头虎脑，满心欢喜，做父母的则喜忧参半，虽有传宗接代的宝贝，却生出难以糊口度日的忧愁。洪水泛滥，损毁了庄稼和危房，夏熟麦子大面积歉收，秋熟稻谷近乎颗粒无收，日子过得十分艰难。

他两岁时，奶奶病故。三年后，家境又遭不幸，父亲患“鼓胀病”不幸英年早逝。全庄二十多户人家，寡妇居多，办丧事居然凑不足抬棺材的八个人，只得找一个年仅十六岁的少年顶上去。此情此景，何等凄凉。

他从小目睹小村众多寡妇在苦难深重中受尽煎熬，他的可怜又可敬的母亲，以非凡的毅力，克服千难万苦，养育他们姐弟三人。

三年困难时期，他瘦弱的母亲挺起脊梁，除了每天拼死拼活到生产队挣工分，还要起早摸黑四处找吃的。好一点的粥，是大麦连着皮壳磨粯子。逢年过节，小麦磨粉，与麸皮混合做黄面疙瘩或烧饼。春季充饥，多以萝卜、野菜煮成汤撑肚皮。母亲遍寻田头坝边岸上的野菜，野荠菜、马兰头、黄花、马齿苋等，包成糠团，做成麸面烧饼，煮成野菜汤。夏季采摘榆树和杨柳叶子，洗净切细，调和些许元麦粯子或混合面，做成薄糊状的“米酸粥”。

靠水吃水的长江人家，江滩上随处可见蟛蜞，身子半寸来方，两只螯子有点肉，味似螃蟹。捕捉蟛蜞放入水桶，任其爬行，再清水洗净下锅煮熟，出锅后，母亲优待儿子，挑出大螯子让他剥壳吸肉。剩下的蟛蜞外壳和细脚放进盆里，用木柄捣碎，加水用漏勺过滤，剩下的汤水含有一点碎肉和蟛蜞油，倒入锅中煮沸后加点菜叶子，漂上一把籼子，做成一锅蟛蜞汤，入口虽有些腥气和苦味，但要比野菜汤好喝。这就是他母亲特制的原汁原味营养汤，穷人家自有穷办法。

那时，家家户户吃公社化大食堂，他遇上好心人“小姑”。小姑见他从小没有父亲，很是同情照顾，每次悄无声息把打粥的勺子伸到底，多捞一点米给他。那年头，他母亲和两个姐姐每天只能喝照见人影的稀粥。

他幼小的心灵经历过奶奶离世的悲伤，经历过父亲谢世的悲痛。苦难的家境，一次又一次陷入深重苦难。

1974年，苍天不公，他母亲又患上绝症，享年五十七岁。那时，他整日以泪洗面，不思茶饭，痴痴呆呆。幸有两个姐姐劝导慰藉，幸有亲戚邻居热心关照，他想到母亲家训“男儿当自强，学习当奋发”。他立下大志，吃大苦，耐大劳，干大事，不负母亲养育恩，用自己的成就让母亲含笑九泉之下。

他遥思母亲，那艰辛的岁月，一桩桩，一件件，一幕幕，历历在目，挥之不去。

上小学时，母亲千叮嘱万叮嘱，要他听老师话，好好学习，只有学习好，将来才能出人头地。他从小养成刻苦学习的好习惯，一直是老师眼中的好学生。学习上，没有遇到拦路虎，只是上学放学的路上，最害怕独自一个人。他家从西李岱到刘家岱有六里路，一半路程要经过狭长的河坝。每逢雨天，坝上黏滑难走，要经过一座小庙，还有一段杂草丛生白骨裸露的坟荡，一路弯弯曲曲，一眼望不到尽头。尤其是夏秋季节，路边长着玉米高粱，备感阴森恐怖，天天心惊胆战。下雨天，孤身一人行走，犹如江上一叶扁舟出没风浪中。他担惊受怕，一路奔跑，每次到家后汗水湿透衣背。一天，他忍不住把心头的秘密告诉母亲，以哀求的口吻要求母亲雨天接送他。母亲在惊讶之余掷地有声："怕经风雨，胆小如鼠，不像男人。真男人就要顶天立地，天不怕，地不怕，长大了做人做事，有品德，敢作为，将来才能成大事。"

母亲语重心长的话语，震撼了他的心灵，横在他面前的一把雨伞，犹如母亲训子的一把戒尺。他跨过了胆小如鼠的这一坎，从此人生词典里没有"胆怯"二字。

上初中后，他爱上课外读物，借阅《东周列国志》《西厢记》等书籍，读遍四大名著。上到高中，深知博览群书拓眼界，腹藏诗书气自华，懂得书山有路勤为径，学海无涯苦作舟，坚定知识改变命运的信念。求学路上，学会做人，懂得感恩。他不忘恩师情，不负同学情。

初中的侯德华校长是对他恩爱有加的贵人。得知他家庭困难，安排他到校办厂勤工俭学，在那里他学到了做皮鞋胶底后跟的手艺，用微薄的收入改善生活。

读高中时，他一度因病休学一个月。班主任常福之老师用数学语言开导，让他安心养病："学习再重要也没得健康重要，身体健康重于一切。健康是 1，其他都是 0，没有这个 1，其他再好，也只是 0。"病愈后，常老师又组织老师和同学为他补课。对此，他心怀感恩，终生难忘。

1972 年秋，他高中毕业回乡务农。一方热土，广阔天地，他面朝黄土背朝天，以顽强的毅力经受住各种考验。

身子骨单薄的他，咬紧牙关闯五关。一是扁担关，两个肩膀历经红肿、破皮，练出肩肌。二是脚板关，贫困时期，只能赤脚挑担干活，脚踏路上的碎砖瓦片、石子玻璃，吃尽破皮流血的苦，才能练出脚板底下厚厚的老茧。三是手掌关，一双手，种地钉耙翻田，锄头碎垡，铁锹挖塘，拔麦割稻，都得靠双臂力气、双手劲道，经过无数次的磨炼，手上起泡，流血结茧，再起泡，流血结茧，才能日积月累成厚厚的老茧。四是弓腰关，插秧、扒耙、割稻等农活，都要弯腰弓背，没有耐力，就扛不住腰酸背痛。五是蚊虫叮咬关，夏季插秧，到处飞的是蚊子、马蜂，蚂蟥时不时钻进大腿吸血。刚到水田劳作时他最怕蚂蟥，他想到母训，是男人什么都不怕，人鬼妖都不怕，还怕什么蚂蟥，最终他成为插秧高手。几年磨炼，干农活他样样娴熟自如，老农们一致称赞他是好把式。

生产队队委们一致看好他，让他为生产队喂猪，这是一种较为轻松的技术活。那几年，他每天采集胡萝卜、南瓜叶、山芋藤、苋菜、水花生、水葫芦等猪草，重复着洗净、剁细、煮熟的简单活儿，循环往复，虽然很累，但养猪是生产队的收入支柱、社员红利，就靠它改善生活。

养猪使他积累了经验，自家养猪也有了成就感。

1974 年 8 月，养猪出栏卖钱的兴奋之日，也是他吃足苦头的一天。清晨，他请上邻居帮忙，众人将猪四脚裹上布头用绳子扎紧，装上山车（木制独轮车）左边车架，再用一布袋泥土配重右边车架。这种山车在坑坑洼洼的土路上推起来很费力，两只手靠劲力把握平衡点，像装上壮猪的这种半边翘山车，手力始终向分量轻的一侧倾斜。那天他从洋思港到小曹元东边一座小桥时，车上壮猪突然狂叫挣扎，致使人车失衡，连人带猪带车一齐翻进河里。路上的好心人众人帮一人，费劲一个多小时，才将猪和车拉到岸上。重装出发，他更加小心，最终把猪送到大生食品站。所幸卖了个三等加二的好价钱，他浑身湿透，却满心欢喜。一场惊心动魄有惊无险的历练，在他人生的字典里多了一个“惊叹号”。

他曾有过长大后做教师的梦想。党和政府开展扫盲运动，作为回乡的高中生，他义不容辞当上扫盲教员，过了一把教师瘾。为了扫盲，他登门入户，见缝插针，几乎每天干到深夜，出色地完成任务，被公社党委表彰为扫盲积极分子。

他也曾被选进大队文艺宣传队。他热爱文艺，从初中开始参加校宣传队，学会了朗诵、说快板、表演唱，还能自编自演各种小节目。他能歌善舞，擅长演奏二胡，又能独唱。那几年，他演唱过《红星照我去战斗》，还唱过不少样板戏唱段，身上的艺术细胞与日俱增，对艺术的欣赏水平不断攀升。

他头脑活络，心有灵机。一个偶然的机会，天星公社广播放大站站长跟他开玩笑：“小伙子，愿意不愿意干我们这一行？”他既兴奋又激动：“我愿意跟着站长学技术。”一拍即合，不计报酬，他兼职大队广播线路员。

20 世纪 70 年代中期，农村实施有线广播“户户通”工程。由于农户居住分散，广播线路长，走向多，杆线错综复杂，进村入户，村总线上分支一根线接到喇叭上。从此，家家户户从广播里听到了党的声音，听到了悦耳动听的乐曲和歌声。那几年，他利用业余时间，肩负全大队线路维护和广播维修任务。每逢雨天遇到故障，他顾不上鞋子灌满污水，裤腿沾满泥巴，一心排除故障。那是他人生中的辛苦并快乐着的时光。

1975 年春，大队办的洋思五金皮件厂应运而生。招工时，大队部决定每个生产队推举一个名额，由个人申请，贫下中农推荐，大队批准。

他觉得机遇难得，一时顾不得颜面，跟着姐夫挨家挨户恳请乡亲推荐他。庄上人都觉得这个苦孩子肯学习，有技术，于是每家每户不约而同签字赞成。自从进了厂，他有了亦农亦工的光彩身份。这是他人生从工的起点，也是他成为企业家的起点。

进厂之初，他与油石、砂轮、老虎钳打交道，制作百节带。工序经过剥皮、切削、打孔、连接、组装成品。他珍惜这份技术活，上班在人前，下班在人后，受到好评。怀揣长知识、增才能的初心，他始终保持着勤奋实干的本色，一步一个脚印踏出自己的奋斗之路。

1976 年 8 月，厂领导分工他外加工任务。具体工作是将废旧百节带上拆下的旧螺丝旧螺帽，送到电镀厂电镀。隔三岔五，每次用两只蛇皮袋装上一百几十斤标准件，当天来回，骑行一百多里。严冬的一天，天刚蒙蒙亮，他骑着载货自行车向江都县冒松电镀厂进发。寒风凛冽，路面冰封，自行车时不时摇晃，他弓腰奋力骑行。一会儿，便感到浑身热乎，再一阵子，汗流浃背。傍晚回来的路上，寒风吹得透心凉，两个小时后到了过船港，离厂子只有几公里，他感到胜利在望，心中一阵暗喜。可眼前一段江堤给他出了大难题，去时是干冻的路面，返程时路上化冻，黏稠泥泞，寸步难行。每骑行一段，泥土和石子塞满了钢圈和挡泥板，就要停下支起车身，用树枝拨出烂泥，再慢慢骑行。不能骑行时，推着车艰难向前。无法向前推时，索性卸下两袋镀件，背着前行一小段路程，再来个车骑人，肩扛自行车往前走一段。如此反复，使出浑身解数，备感疲惫。吃一堑长一智，此后的冬季，他都提前两小时上路，再也不会出现苦不堪言的窘境。由此他引发出一个念想：如果我们创办自己的电镀厂该有多好啊！

进厂初始的几年，由于他能吃大苦耐大劳，肯埋头钻研技术，深得大队和厂领导的好感和信任。1976 年转岗现金会计，后来又做起总账会计，并协助厂长抓企业生产管理和新产品开发工作。初次接触新产品开发，他立马想到受制于人的外加工电镀，又联想到电镀行业应用广泛，利润可观。他把藏在心底的想法向大队支书和厂长和盘托出，说出可行性方案。领导们一致认可，决定由他谋划开发电镀项目具体事宜。

机遇总是留给有准备的人。

1977 年，企业更名为“洋思五金电镀厂”，上设备购置一台 10 千瓦直流发电机、一台 12 匹柴油发动机配套发电。那时农村经常拉闸限电，电镀工艺必须二十四小时供电，否则就会出废品。创建电镀厂伊始，他们土法上马，以家用大陶缸做镀槽，电镀螺丝、螺帽之类的小件；遇上大件物品，便在厂区土路上，人工开挖出一个大约 2 米长、80 厘米宽、80 厘米深的土坑，将厚塑料薄膜铺满凹槽，一个工艺流程需二十四小时。一次次的成功，让全厂群情激昂，个个脸上洋溢着喜悦。

1978 年，他并不满足于镀铬的成功，厂里又派出人马赴上海学习镀镍工艺技术，装备镀镍生产线。第一次试产自行车脚蹬配件，出现大量次品，产品质量不过关。关键时刻他主动请缨，带队再赴上海学习塑料镀镍技术。他自个儿较劲，自我加压，功夫不负有心人，仅用二十天时间，全面掌握了工艺流程和核心技术。他学有所成后，立马又着手投产镀镍生产线。那一年，一个村办小厂产值达三十多万元。

1979 年，他两副重担一肩挑，担当生产厂长兼总账会计。这期间，他深谙镀镍工艺，一是镀塑料件，二是镀金属件。依托南京熊猫电子集团和常州无线电厂，镀镍塑料件业务量大增。但是，他不安于现状，又萌发出改塑料电镀为金属电镀的技改方案。

1982 年 12 月，他接手承揽泰兴石油机械配件厂自行车轴皮电镀业务，试产后，其钢丝孔的轴皮尖角镀不亮，问题出在抛光不到位。他大胆建议，购置抛光机，专设抛光车间。过硬的产品质量，赢得了声誉，扩大了业务量。那年，他身先士卒，亲自押车，只是想多拉货，抢业务。他渐渐地发现，几家外加工单位，争也好，抢也好，就是不愿电镀前轴皮。在加工前轴皮过程中，他率先发现前轴皮淬火不行，轴皮尖角上一旦出现裂缝，电镀后极易生锈，严重影响产品质量。他找到问题症结，征得厂方同意，主动增加一道工序，用仪表车床在前轴皮尖角部位车一刀，以刮除裂纹。这个技术革新大获成功，博得赞誉，也揽下不菲业务。由此，口岸脚蹬厂、泰兴石油机械厂与他有了长期深度合作。他坚持以信得过的质量，成为唯一的外协厂家。由此，仅自行车轴皮专项电镀业务发展到十几个厂家，凭着量大、质优、信誉好，成为全国自行车零配件行业“轴皮电镀大王”。

1983 年 8 月，江苏全省推广无锡堰桥“一包三改”经验，实行经营承包制、厂长聘任制、用工合同制。恰逢改革契机，大队党支部聘任他为洋思五金电镀厂厂长。上任后，他信心满满，靠着坚强性格和非凡意志，笃信只有艰苦奋斗才能把企业做大做强做出色，才能不负党组织的信任和重托；只有团结一心，奋发有为，才能形成凝聚力、向心力、战斗力。

他着力造就企业团队。着眼以人为本的发展观，着手挖掘各类人才的聪明才智。一是尊重年长的同仁，发挥他们老马识途、行事稳健的作用。二是选贤任能，人尽其才，各尽所能。建设厂领导班子，布局中层干部，通过定岗位，给位子，压责任，使他们有充分施展才能的用武之地，组建起一支充满生机和活力的企业团队。

他胸怀宽广，过人之处在于博采众长，深度研发行业核心技术，亲力亲为，全面掌握镀铬、镀镍、镀铜、镀锌、镀金、镀银等一系列电镀基本原理。从理论到实践，准确分析、判断、解决全厂生产技术中出现的各类问题。他不仅有决策能力，更有驾驭全局的能力。他开拓进取，精明之处在于审时度势，敢冒风险，力求把企业做大做强。

2011年年底，政府加大了环保力度，尤其对电镀行业开展“三废”治理，达标排放要求更严更高，邻里的家用电器镀锌厂和造漆厂面临严峻挑战。要么解决环保问题，要么停产整顿，企业处于两难抉择时，对方李厂长与他偶然交谈，双方都有合作的意向。于是，一个拱手相让，一个出手阔绰，收购兼并获得成功，企业自此迅猛扩展体量，为企业发展增添了后劲。

早在1985年，企业年产值已达二百多万元，在天星乡二十多家村办厂中名列前茅。改革路上致力勇于进取、开拓创新，是他一贯的经营之道。那时，初级阶段的电镀业，手工操作劳动强度大，生产效率低，质量稳定难，安全隐患多。他寻思着进行技术改造，要让电镀产品尽快提档升级，努力在业内打响品牌，领先一步。他反复琢磨，想要加快步伐朝前走，唯一的途径只能借助外力，借力发力，为我所用。于是，全厂上上下下各显神通，广开门路，巧借外力，拉开了横向经济联合的大幕。1986年，厂办主任莫登堂与上海自行车零件二厂厂长朱成益不期而遇。老乡见老乡，注定了一个缘分。恰巧该厂有部分电镀外加工业务和电镀设备转让，他第二天便率队赴上海洽谈合作事宜。第一轮洽谈，甲方以一条价值六十万元的半自动电镀生产线作为股份投入并负责设备安装和技术指导，乙方负责厂房、资金、业务、生产，上海方提出利润五五分成。几轮磋商，他优雅的气质和散发出的智慧火花，使上海方折服于他的真挚情感和真诚人品，最终以甲方35%、乙方65%的利润分成比例成功签约。

是的，他紧紧抓住了改革的机遇，着力更新生产设备的升级换代。

以横向经济联合的形式，开发了半自动电镀生产线，亲历落地、开花、结果全过程。这条半自动生产线彻底解决了质量问题，杜绝了冒泡滴漏，既节约材料消耗，又大大降低“三废”污染，效率产量翻番，利润达到 30% 以上。

1987 年，他被推举为洋思村支部委员。从这一刻起，他感恩于党总支没有忘记他，感恩于党组织寄予的厚望，感恩于党员们投出神圣的信任票,心中惦量着肩上这一副担当。他想,该为父老乡亲做点什么?当下村民们最缺的当是电力供应。夜幕降临，正是学生夜自习、村民们收看电视的时候，却常常遭遇拉闸断电。1988 年，外协单位将一辆进口小轿车抵作加工费，他想，自己还不够格坐上进口轿车，何不把轿车卖掉，以此款项购买一台 75 千瓦柴油发动机组，实现自主发电，让全村告别时断时续的黑暗局面，迎来星星落地的“天星”辉煌！他的善举，赢来“卖掉小轿车，发电照千家”的赞誉。三年后，他又寻思，村里道路狭窄弯曲、坑洼不平，那些颠簸扬尘的乡间小道，是时候旧貌换新颜了。1991 年，他酝酿已久的想法，与村支部提出的“组组通公路，主线装路灯”的民生工程不谋而合。资金上，他出大头；工程上，村民们出大力，铺设硬质化道路，架设路灯。在惠民工程上，他总是尽心尽力。1993 年，他以党总支副书记身份，独自出资 20 多万元，实施全村“饮用水放心工程”，依托泰兴经济开发区水厂，接通自来水管道进村，免费安装到每家每户，从此全村家家户户吃上了安全放心的自来水，结束了天星村没有自来水的历史。

印国林的人生奋斗史，究其身份，有光亮的一面，他是优秀党员和优秀企业家。然而，他不为人知的一面，有过曾经的苦难和艰辛，他是从孤儿成长起来的。因为孤儿身份，他把诚挚的爱献给了两个孤儿。他深知，孤儿是社会弱势群体中最可怜和最痛苦的人，这些失去双亲宠爱的人，心灵受到巨大创伤，没有家的温馨，没有亲人的抚育，更没有亲人的关爱。对此，他有切肤之痛。

孤儿严亮，其父患肝癌离世，母亲离家出走，严亮跟种田的爷爷相依为命。第一次遇见，严亮骨瘦如柴，衣衫破旧不堪。当天，印国林和爱人径直到天星街超市购置了三套衣服，配全鞋袜，又买了文具和书包。小严亮一脸笑容到了印家。印国林亲自为小客人洗澡换衣。丰盛的晚餐上，印国林深情地说："这儿也是你的家，你有什么困难尽管说，我会帮你解决。"年复一年，小客人愉快的周末都是在印家度过的。2020 年，严亮结婚时，他作为特邀嘉宾前去贺喜。其时，严亮有房有车有存款。

另一个孤儿叫殷雄，是一对老夫妇从垃圾堆旁捡来的。老两口膝下无子女，就把他当孙子养，只要有一口吃的，就不让小殷雄饿着。殷雄初中毕业时，两个老人年逾古稀，体弱多病，实在无力负担他上高中。老奶奶找到时任洋思村党总支书记赵峰，请求解决殷雄上高中的实际困难。赵书记一口答应："我一定想办法解决。"转过身，赵书记向印国林恳切地说："我已答应人家了，你一定要帮我这个忙。"印国林笑着说："孤儿应帮孤儿的忙。赵书记，你是在帮我的忙，你这好事做得对做得好。"随后，印国林带着殷雄去泰兴市第二高级中学报到，一次性缴纳学杂费，并留下五百元生活费。连续三年，每年资助三千元生活费。如今，工作出色的殷雄，与印国林成了忘年交。

1988 年，印国林再接再厉，又引进上海振光电镀厂一条半自动化电镀生产线。企业扩张已初具规模，但他不满足于现状，时刻想着技改和开发套路，嘴里有一块，筷子上有一块，眼睛看上一块，脑子里还想着一块。其过人之处，就在于开拓创新，永不止步。

1989 年，他马不停蹄乘势而上，从横向经济联合，走向独立自主的扩张之路，实施企业自立自强的发展战略。他大胆以企业的盈利积累，购进常州一条半自动化电镀生产线，至此，企业拥有三条半自动化生产线。巅峰时刻，单项自行车轴皮电镀加工量达两千多万套，约占全国轴皮年电镀总量的一半以上。“轴皮大王”的美誉，名副其实，当之无愧。

随着电镀业务量快速增长，他因势利导，不断拓展电镀产品的各类需求。厂里最初仅两台抛光机、四名工人，迅速扩展到六十多台，抛光车间操作工人达一百三十多人。

1993 年，他率领团队，铸造企业辉煌，企业年产值四百六十多万元，纯利润一百多万元，摘下天星乡村办企业“首富之家”“百万富翁”桂冠。

1994 年，他有了硬实力，不忘塑造企业形象。新建八间三层办公大楼，不惜重金购置了电脑等软件设备，实现办公现代化。他喜爱现代牌汽车，为此专门配置了一辆现代牌“坐骑”。同期还组建了汽车运输队，添置六辆货车，实现了物流服务自我配套，企业规模全面上了新台阶。

1994 年 3 月，他瞄准电镀业的高端技术，通过市场调研论证，认定热浸镀锌项目市场应用广泛，其技术特点确保镀件六十年不生锈，适用于高速公路护栏、自来水钢管、高压输电线搭架、船舶配件等。那时，适逢整个自来水行业改内壁易锈蚀的冷镀锌管为热镀锌管，市场需求量十分可观。他果断决策上马该项目，从立项、征地、建房，全身心投入每个环节，征地四十亩，筹资四百万元，总投资八百万元。为了这个项目，跑银行跑得腿发软，坐在车上打困盹，脑子里有想不完的事，东奔西走有干不完的事。当初积劳成疾患过肝炎，他实在经不住苦和累的折腾，老毛病发作了。两年内，他的肝病反复发作，先后五次住院治疗。

1995 年 5 月，热镀项目进入设备调试关键时刻，他没日没夜在现场督工。那天下午他忽然眼前一片漆黑，当即晕倒在地，被送往医院抢救。经检查，他因极度劳累患上严重的眩晕症。住院治疗期间，他心急如焚，投入八百万元，镀锌项目迟一天投产，就多一天的损失。想到这些，他按捺不住冲动，抱病工作近乎玩命。此举感染了全厂同仁，上上下下为了试产成功，干劲冲天。

1995 年 6 月 18 日，身为厂长的印国林迎来了欢欣鼓舞的时刻，看到一批又一批热镀锌管奔涌出厂，心底收获成功的喜悦。时隔不久，他主动向村领导提出，将新建热镀锌车间独立核算，自立门户，举荐能人沈余良为厂长，配备了一套强有力的管理班子，扶上马送一程，主动分担投资负债六百多万元的偿还责任。他功成名就，不忘党组织栽培，不忘村里父老乡亲，不忘和自己一起打拼的众兄弟，将自己用心血浇铸的热镀锌项目拱手让人，为壮大集体经济，培植和奉献一家年产值超千万的企业。

20 世纪 90 年代末，他的企业已在同行业中遥遥领先。然而，安于现状不是他的个性。他筹划着如何在事业的火火红红中，再上一层楼。

1998 年实行产权制度改革，公开出售产权，没有人敢站出来报名竞购。主因是电镀业不再是热门行业，竞购产权，面临着买吃亏、买危机的风险。当初热镀锌厂分离出去时，印国林主动承诺偿还债务的六百多万元还在账面上。外部环境，政府部门年年加大环保整治力度，动不动停产改造，企业经营与管理危机四伏。加之，电镀原材料价格暴涨，加工单价维持不变，行业的特殊性，使得招人难，养人更难。他左思右想，如果自己不冒风险购买企业产权，那么苦心经营、含辛茹苦发展起来的企业将面临倒闭，抑或败在败家子手上。他想到自己是一名共产党员，改革产权制度，事关私营企业发展，事关就业，事关国家税收和地方经济大局利益。知难而退，畏惧风险，不是他的个性。他想起母训，怕苦畏难不是好男儿，有志之人立长志，有志者事竟成。再者，不少中层干部和工人一拨又一拨簇拥到他办公室，直言“非你莫属”“我们要当家人印国林”。关键时刻，他勇敢地站出来，个人出资 42.8 万元买下企业产权，带着自信，坐上了企业第一把交椅。

改制初期，他按部就班实行“三定”责任制，即定产值、定利润、定奖金，还赋予内包人小额费用（五百元以内）审批权。本希望给权责调动工作积极性，却意外造成了财务管理上的漏洞，因小失大，累积费用居高不下，三年来企业连续亏损。面对企业严峻的形势，他开始思索企业改革的出路。

2001 年，他带领企业一班人，走出去，开眼界，拓思路。从苏州虎丘电镀厂、上海青浦电镀厂考察学习归来，借鉴同行业改革与发展的经验，拿出了一系列举措。深化企业内部改革，是扭亏转盈的根本路径，一场“一买断，三自主，五统一”改革运作迅速落实生效。

为走出困境，以改革路径出新招，招招切中要害，招招出奇制胜。实施内部买断经营，承包人由管理者变成有责任有担当有身份的老板级当家人。当事人既有压力感，又有获得感。改革使企业整体发展的生机与活力充分彰显出来。2002 年是他实施改革的第一年，这一年终于使企业转亏为盈，迎来曙光。此后，企业营销和利润节节攀升，呈现出蓬勃向上、势不可当的发展态势。

四年后，他又迎来了企业发展机遇。环保不过关，只有红灯停，没有黄灯缓，更不可能有绿灯行，主管部门果断处置关停一批“三废”污染重、环保不达标的化工、电镀、纺织、铸造企业。在此期间，他不惜重金投入，率先在同行业中建设污水处理厂，不断进行环保设施升级改造与技术创新，逐步实现了电镀生产自动化作业，污水处理自动化控制。“三废”达标排放，他敢为人先，创造了全市电镀行业唯一的蓝色企业。

他用舍与得的辩证思维，赢得了企业新的发展机遇。那些濒临关转停的企业，闻讯而至，寻求绝处逢生的安生之地。他以海纳百川的胸怀，敞开大门，接纳加盟租赁经营者。一个机遇，助推他把企业做大做强，更为他实现自己的大梦想——打造亿元企业，夯实了坚实基础。

他集聚优势，以环保设施为硬核条件，吸引业界不少有识之士安营扎寨，依托他搭建的大平台求生存、求发展。

凡入驻企业，必须符合环保要求，自觉升级改造设备。有业者由一条手工操作线，逐渐发展为三条自动电镀线；有业者由一百二十平米厂房，扩展到一千四百平米标准厂房。电镀业用电需求量大，他以超前意识，保障他们的电力供应，不断为其增容，更换变压器。

2012 年，为适应现代企业的运作模式，天星电镀厂转身为“泰兴市国星表面技术有限公司”。公司为一级法人，相当于总厂；旗下租赁经营的几个车间相当于分厂，承包经营者即厂长和老板。公司实行统一的管理体制，在行政、财务、安全、环保等方面，予以统一领导和管理。公司为他们提供生产生活、协作协调、排忧解难等全方位保障服务，充分体现现代化企业管理运作的效能和优势。

2012 年，他在现有厂区的规模基础上，开疆拓边，规划布局，扩建厂区。他筑巢引凤，集聚优势，新建六幢标准厂房，每幢两层，每层 400—600 平米。这一重大举措，解决了老厂区布局拥挤、厂房不足、设备老化、环保隐患等一系列问题，整合了行业的人才、产品、技术、资金、市场等要素。平台聚力发展，实现了公司和承包人优势互补，协同运作，各得其所，共同发展。一个完整的电镀工业园由此生成。

2015 年，他公司旗下二十五个承包单位，拥有三十九条全自动电镀生产线，实现了电镀种类系列化全覆盖。规模最大的车间年营业收入达一千五百多万元，多数车间年营业收入三百万至五百万元。2017 年鼎盛时期，厂区占地面积近三万平米，建筑面积两万平米，固定资产三千二百万元，员工总数四百六十八人，年产值 1.28 亿元，利税一千三百二十万元。

萦怀梦想，追逐梦想，他勇于开拓，敢冒风险，靠智慧，靠团队，靠奋斗，实现了人生梦想。

悠悠岁月，他深爱这一片热土，事业的壮丽篇章，写在天星桑梓地上，难以忘怀的，是故乡情。

邻里同窗

话说当年我们七四届高二（5）班，在全校有着响当当的名气。一个班的学生中，校篮球队有主力三人，校宣传队六人，校花也占了三人。

三个校花中，有一人平时不苟言笑，近乎木讷。我与她同窗两年，却从没有说过一次话。高中毕业后，我插队去了果园场。每到金秋，场里的桃、梨、苹果芳香诱人。这个时节，她都要专程到果园场来看望她的姨姐春华，我因此有机会与她屡屡遇见，但都是撞破头皮不说话。一晃三十多年过去了，同班同学中，唯与她还不曾说过话。心底里，我有点纳闷，也有点费解。

我一位朋友的兄弟开德在黄桥工具厂计划科工作，恰巧与这位女同学是同事。闲聊中，我曾多次询问过她的现状。开德兄善解人意，有意无意地试问："要不要我捎话带信？"我总会调侃一句："我是乡下人，岂敢念想街上人。"笑谈中，开德兄总是夸她工作踏实，任劳任怨，虽不善言辞，但随性耿直。她待我形同路人，想来是清高和孤傲，才有这样与我不说话的尴尬。

2017 年春，她乔迁入住的两层院落，恰巧与我家相邻，相距百步之遥。早不见晚见，或者抬头不见低头见的窘况里，她依然旁若无人，与我不说话。一晃又是两年有余的冷遇，想不到，我和她竟意外出现了冰雪消融的一幕。

那天，大她几个月的春华姨姐，邀我们几个知青战友聚会，一桌家人，一桌战友，春华特邀我陪她妹夫朱厂长入座家宴。席间，得知再熟悉不过的朱厂长竟然与这个不说话的老同学是夫妇。我借着酒意，话题乘兴而起："朱厂长、春华老战友，你们信不信，我和王文英是老同学，居然几十年见面不说话。"春华直性子，急问："文英妹子，你和他咋不说话，真的假的？"朱厂长也不相信，起哄道："说酒话，罚酒三杯！"她满脸通红，冲我一笑，爽朗道："是真的！"说着端起朱厂长的酒，"老同学，敬你一杯酒"。一句话，一杯酒，引来众人大笑……

从那以后，每一次遇见，她都带着笑意，我也满脸实诚，相互问候，一切都在自然自在的常态中。

中秋前夕，她特意送我老两口一只涨烧饼（江淮官话，即发面烧饼）。我笑脸相迎，好奇问道："你什么时候有这么个手艺？"她笑眯眯地说："从小跟着母亲闹着玩，上小学我就会涨饭碗大的涨烧饼，上初中时我从调酵至上锅，每个环节掌控自如。到高中时，我涨涨烧饼的技艺与我母亲已不相上下。从我家老朱当上厂长后，他每年都要我涨几锅烧饼，分给几个领导尝尝。以前厂里中秋福利分发月饼，尝过我的涨烧饼后，大家要求改为发涨烧饼了。"

三十八年间，我与她从不说话，到同学聚会，再到现在比邻而居。有几次我试着探询当初不交谈的原因，她笑眯眯给出的理由是：我与男生都不说话，也不想凑热闹。我这才恍然大悟，原来享受这个"待遇"的不是唯有我一个啊。

知味岁月

1956年8月29日午时，我出生于黄桥布巷陈家大门里。儿时七年里，我独享着了个儿（当地方言，指家中排行最小的孩子）的优越。万千宠爱集一身，我是母亲心头的宝贝。基因传承，我像爸，更像妈。拙文《我被布巷熏染过》里面，有过一段真实的描写：布巷里，有我的舅舅何吉安、姨父何世荣……

我读黄桥西街小学的六年正值"文革"岁月，成绩在班里名列前茅。一手漂亮的方格字，屡屡获得老师表扬，常常在校园画廊展示。小学高年级时，赶上"文革"时期的"忠字化"热潮，我跟着鹏春哥到处去填写美术体大红标语，大到比我人高的字，小到我半身高的字，都能应付，爬上落下，俨然是个大小子。人小，手握的是小排笔，宽不过一公分，主要是将铅笔描成的轮廓，一笔一画描绘出字样，然后由大人们一一填满红漆。流水作业，我作为"技工"，干得像模像样。经过这番历练，心里头十分敬仰春哥，这既是机遇，也是兴趣。趣味渗透到骨子里，慢慢地有了一点美术功底，有了一技之长。老师、校长知道了我这小不点儿的特长，于是，学校里出黑板报有我的板书，还有美观的边花和角花。

初中二年是我的叛逆期，厌学情绪时不时爆发。母亲暗自神伤，觉得刘家不该出逆子。她大智若愚，宽大为怀，以博大的母爱，从细微处一步步感化我。每当我言行不上路子，她总是耐心教化，施以小恩小惠予以软化。与此同时，我的美女班主任每天不是单独找我谈心，就是随机家访，她一路呵护，亲自将我送到黄桥中学增补的高中班。

高中二年，是我稀里糊涂的二年，幸亏几个学友让我陪练羽毛球、乒乓球和篮球，并拉上我参加各类文艺活动。那个时候教室里我坐在前排，操场上站立前头，个头只有一米六，内心很是卑微。唯有沾沾自喜的亮点，作文课上做枪手，代人写两三篇作文不在话下。我写的作文大多在优良之间，几乎每篇少不了有几个硕圈。

1975 年 4 月，我落户于泰兴县果园场，从此在广阔天地炼红心，不在城镇吃闲饭。知青岁月，面朝黄土背朝天。挑粪，一杠两“星”；磨肩，两肩“红花”。只有等肩膀磨红了，磨肿了，结痂了，才能担起肩上的农活。论肩上功夫，大多数知青挑担是一肩挑，我学着老果农，自讨苦吃，吃了两遍苦，下功夫，苦其心志，练就了一副重担两肩挑。

到了冬季，果树需要施肥，围着树干四周，两边挖长 120 公分、宽 60 公分、深 80 公分的弧形塘，每天每人的工作量定额为八个施肥坑。大家为了图个痛快，起个大早，半天完成任务，这样下午就有了属于自己的休闲时光。

除了果树栽培，果园场还种植花生、黄豆、山芋几大品类，只是没有秧田，农活大致和农村差不多。

初春，果园里桃花先期绽放，到处是一片粉红色的花海，凝视桃花，情不自禁，轻轻吟诵“竹外桃花三两枝，春江水暖鸭先知”，“桃花一簇开无主，可爱深红爱浅红”，朵朵艳色，簇簇偎依，惺惺相惜，花语诗心表露无遗。还有那“人面不知何处去，桃花依旧笑春风”，依恋的是那美人，遐想的是故地重游，还能寻思什么呢？身临诗情画意的果园，任青春岁月演绎着一段段爱情故事——故事里，也有我的美丽传说。

桃花盛开后，“千树万树梨花开”，素洁的花蕾竞相怒放。淡淡粉红的苹果花儿，也相继呈现娇艳姿态。果园的花海一波接着一波，满眼尽是花姑娘的灿烂笑容。沉醉其中，是我每年的特殊享受。

果园场属人工岛屿，四面环水，大致呈长方形，西北角与老龙河相通，建有一座长 36 米、宽 10 米、高 18 余米的水闸电灌站。这里向东有一片枣树林，是一道独特的风景线，每到花季，伫立于满身带刺的枣树前，低吟一句：“笑看牡丹大如斗，枣花虽小能结果。”仿佛多了些人生感悟。哪年哪月，那些心中美好的向往，如事业成功、爱情结晶，完美人生得以圆梦？

炎炎酷暑，是收获的季节。鲜桃上市，能感受丰收的喜悦，也能品尝到自己的劳动成果，更能体味到付出汗水的艰辛。

烈日下，人们头戴草帽，身着厚厚的混纺布工作服，机械化防病治虫，必须肩挑药水，穿梭于果林丛中，一步步跟随喷雾器药水车，适时添加药水。每个人满头大汗，汗水湿透衣裤，还要忍受刺鼻的农药味，什么“波尔多液”“1605”“乐果”等。这样的高强度工作，算得上地狱般的历练。

金秋时节，梨子熟了，黄灿灿一片，一晃一晃的拳头大的小脑袋，在秋风中点头晃脑，似乎在自言自语诉说着什么。苹果园里，树叶掩映下的苹果，一个个探出红润的脸蛋，见证着知青的爱情故事。美好的时光，我享受着小说里描绘的现实版。

果树的年轮，历经春夏秋冬；知青的岁月，充满勃勃生机。那时的我，拥抱太阳，披星戴月，与时空对话，与日月同行，路在脚下，黄土地给了我力量。果园里，定格着难解的情结，谱写着青春的音符，交汇着渴望与企盼。

难忘 1979 年那一个春天，机遇降临，我有了人生亮丽的大转身，从此告别了农耕劳作的黄土地，别了曾经相爱过的那片果园，走上了心仪的工作岗位。

父亲所在的黄桥供销社，让我顶替又顶岗，接手父亲的工作。对外称“日杂批发部”，对内称“日杂仓库”。上岗第一个月，父亲手把手传授珠算术，教会我做商品验收单、商品调拨单、商品变价单、商品损耗单、商品销售单、商品购销调存盘存报表。从第二个月开始，我就独当一面正常工作。

那几年，父亲精到的业务专长，由我一脉相承。

1984 年春，经推荐考察，我有幸参加县供销社青年工作队。百余人的工作队，划分成十三个工作组，蹲点基层供销社，只留三人到县社企业整顿办公室做联络员。我以联络员身份负责了解黄桥区、古溪区企业整顿工作的整改进展。三个月后，办公室钱秘书让我代写企业整改阶段性汇报。由于我有点文字基础，加之老秘书的悉心指导，很快就能轻车熟路写出较为满意的总结来。那一段富有成效的文书类工作，得到了相关领导的认可和赏识。随后走马上任黄桥商业社经理，这一年我二十九岁。我以商业企业管理为路径，深入十六个网点调研实际工作，虚心请教商界老前辈，筹划开拓经营相关事项。两年多时间，先后翻建石灰销售门市部，修缮兴隆竹木商店和废品收购站，改造黄桥苗猪市场，新建四美服装店，增开新怡服装店，装修旧衣商店，扩大竹制品和藤制品加工业务。由于措施得力，开拓有序，超额完成年度销售利润任务，一跃成为全县集体商业先进单位，并在系统工作会议上，做先进经验介绍。

八十多人的单位，我放弃休息时间，走访每一个同仁，慰问每一位退休人员，员工对福利待遇满意度很高。

此后转换角色，叱咤商场风云又两年。1986年秋，市供销社一纸调令，将我调至黄桥供销社任商场经理。我从不迟到，不缺席，不休假，一心扑在工作上。该商场营业面积一千五百多平米，员工五十六人，经营项目有百文针纺、五金交电、烟酒日杂、黄金服装，小到化妆品，大到摩托车，年销售额四百余万元，年利润十六万元有余。论规模，黄桥地区排第一；论影响，泰兴供销系统排第二。

两年里，为开拓经营，我多次赴上海、苏南先进单位参观学习，每一次取经都获益匪浅。

有一次，商场采购员从上海带回一个重要信息，上海百货站的所属商场，准备低价出让陈列商品和库存商品，问我们商场有没有意向全部收购。我觉得这是一个利好机会，一是上海商品销路好，二是商品价格全部按进货价再折扣3%，利大于弊；唯一弊端是散装商品盘点和装箱打包工作量非常大，操作起来有不少困难。我权衡再三，力排众议，大胆拍板，与上海方电话里约定，全盘收购。我率十六人分乘四辆货车直达那家商场，仅用一天时间，盘点、装箱，手捧肩扛，装满四车商品，价值二十六万余元。回来后验收商品，无一短少和损耗。此举是一个大胆的决策，也是一次成功的收购。

开拓创新，就是要敢为人先。商场经营模式属于纯商零售业态，通过取经，周密策划，先后开辟创办家电批发部和纺织品批发部，探索出供销系统跨界经营的新路。长期以来，传统的经营模式，批发渠道属于专业批发公司垄断经营。我审时度势，一手坚守零售阵地，一手开拓批发业务，两手并举，拓展规模经营。一天，为筹办家电批发订货会，因过度劳累，引发牙根炎，我顾不得许多，干脆拔掉算了。医生说我不懂科学。我说这是没有办法的事。潜意识里，就是玩命也要干好关键工作。好在旗开得胜，首战告捷。不久召开纺织品批发供货会，筹备三天三夜，四处奔波，几乎没有合眼的时间，白天干事，夜里想事，事事操心。节骨眼上，染上一身带状疱疹，连续吊水吃药一星期，抱病坚持在第一线，内心深处只是想着：办实事，求实效，干出一番事业。

两年里，商场的各项工作，迈进了先进行列。业绩有目共睹，得到上级领导的充分肯定。

1988 年，市供销社一纸调令，调我回黄桥供销社任副主任。回首四年走过的路程，猛然间恍如离开大家庭的游子，又回到让我熟悉不过的老家。

其时主要负责人王邦华系公社书记出身，资历老，素质高，人缘好，做他的助手，既是机缘，也有压力。他上任时，正值供销系统开展千万元销售活动。他给我压担子，委以重任，放手让我分管业务、财务、安全工作。那几年，面对重托，我全身心投入工作。作为助手，我佩服这位老书记领导有方。他主持工作，紧抓计划、组织、指挥、协调、监督五大要素，工作有路子，方法有点子，营销有招子。工作思路方面，我和他总是不谋而合，具体落实工作，也是一拍即合。毋庸讳言，老书记当家期间，我是尽心尽职当好助手。后因年龄因素，他退了下来。

此后，我又跟着老主任干。他为人厚道，工作踏实。两位主任的工作思路迥然不同。老主任行事稳健，一是大事小事开会研究，充分发扬民主；二是落实经营承包责任制，将经营权分解到各部门、各柜组。

随着经营承包责任制的细化以及机制的调整，我主动要求下海到南京设办事处。两年里，虽然经营上没有成功，但作为勇闯市场的弄潮儿，我熟悉了汽车和化工两大类业务。假如有一个好平台，可能另当别论。正当事业不顺时，家庭又遇大麻烦，妻子患上严重的类风湿关节炎，四肢无力，行走不便。于是我无功而返。

其后，由于不甘寂寞的性格使然，我不顾家人反对，决意开一家沙龙酒店。店面两间，三张圆桌，两天筹备，隔天开张。那些日子，生意红火，令人刮目相看。可好景不长，个中隐情，只能归咎于我干事创业的选项，在错误的时间做出了错误的抉择。一着不慎，步步皆输。面对冷酷的现实，我陷入沉思之中。

千重山，万重山，没有爬不过去的山，向命运低头，不是我的性格。为了谁？为了自己的未来，我跨出了人生最为艰难的一步，去北京打工谋生，赚取“剩余价值”。

第一站，我落脚北京绿色家园工地，任安全员兼材料员。仓库里的地砖、墙砖、水泥、黄沙等，由各个装修班领料用料，这些工作让我感到干的还是老本行。

第二站，北京酒仙桥工地，跟着项目经理做生活区的后勤工作。工地还未开工，恰逢非典疫情袭来，骇人听闻，面对的是生死攸关的大事。封闭管理期间，我负责后勤工作，进场施工人员只许进不许出，进来的需登记造册，安排住宿、就餐。停工阶段，我兼宣传工作，几十年没写美术字，拿出老底子，花了整整一夜，用排笔蘸水，在报纸上将几十条标语写了一遍又一遍，直至拂晓才找到了一些感觉。我有这一手，是春哥教出来的。“文革”时期，春哥带上我填写“忠字化”美术字，辅导我怎么写美术字，想不到如今派上用场。工地上要出黑板报，我小学五年级就干过这事，此时又让我露了一手。几十条标语，最抢眼的是“众志成城，抗击非典”，每个字足有半人高。两块黑板报，不用直尺和三角尺，既不打线也不打格，全凭视觉和手感，徒手写字，画边花，画角花，变形的字体镶嵌其中，彩色粉笔，也是随手拈来“粉墨登场”。一时间，我有了个“刘工”的雅号。

我在北京打工，算得上举目无亲。只听说，有个吴军小弟也在这个康红公司。他十八岁那年因寻衅滋事，吃官司八年。他乡遇故知，同在一个公司，昔日工作关系上的徒弟，给了我有力的帮衬。说他是徒弟，因为他曾在我原先单位做过杂工。歪打正着，传闻不胫而走，我因此有了一点“身价”。那年代，建筑工地上各式人等鱼目混杂，书生模样的人难免遭人欺负。自从有了军弟帮衬，没人敢小觑我，我不光工作顺风顺水，活得也有尊严。

自从吾儿上了大学，他一年一个台阶，也有了质的转变。埋在心底的愿景，望子成材，也是唯一的厚望。他能成人成材，是我人生一大幸事。

每当关键时刻，我能理性回归，哥哥们是推手，好友们是助推手，我始终不迷失自我。找准方向感，心中有目标。那就是一切为家庭，一切为吾儿的前途着想，一切为刘氏大家庭的颜面，绝不自暴自弃成为一个边缘人。

北京打工回来，仅用三天时间，我的泰兴市黑松林酒业商行如愿开张，应了一句广告语“今世有缘，相伴永远”。至今，我的店既是“驿站”，又是工作室。这一份坚守，可以夸大其词地说，日月可鉴，家史可载。

一路踏霜迎旭，从此我有了光鲜的身影。人生的篇章，也有了可圈可点之处。

吾儿入职电视台，有了事业，也有了爱情。我却喜忧参半，为婚房而担忧，这是一道难解的题。正当一筹莫展时，旋哥挑头化解了我最大的难题。三位哥哥慷慨解囊，用一只只大红包装满温情，注满温暖，一往情深。那一刻，刘氏兄弟抱团取暖，共同书写“恩情的光芒”。

小家庭里，儿媳和孙女，是我心中的日月星辰。我欣慰，有道不完的情，喝不完的酒。

人生长河，“沉舟侧畔千帆过”；不甘平庸，“病树前头万木春”。曾经，往事“不堪回首月明中”；而今，“识途老马身犹健”。励志归来，叩问何求？心中还有一个文学梦。

附 录

归 来

刘鹏旋

我选择记下德弟的人生是一种自讨苦吃。没有办法，这是我自己的选择，为这事我已纠结了将近十年。就写作而言，德弟是个有故事的人；从感情上说，我不忍心把德弟拉到我的笔下，这无异于往他的痛上撒盐。如今他也年过花甲了，人生巴凉巴凉似个秋。那天我对他直言不讳："我不会对你笔下留情的。"他说："知道，反正也这把年岁了，你要我好。"

德弟在家是个了小（当地方言，指家中排行最小的孩子），比我这三哥小四岁，因此对家里度过的那段风霜岁月没有体验。他不记得曾经的那个家：一间破屋，一盏油灯，一只黑乎乎的亨飨锅，一张全家共眠的板床，一贫如洗的一个家；他不记得父亲拿二十元工资养活全家时怎样过日子：那回家里一分钱也没有了，又没有了柴草，母亲心里一急折断两根筷子燃旺了奄奄一息的炉火；他没有上课时被老师叫出课堂，被责令回家去拿欠缴的学费，拿不到钱不准回来上课，那种难堪和屈辱的心理体验。我确信，我说的这些真是德弟人生的一种缺憾。

恰恰相反，留在德弟童年的记忆里，是母亲对他的惯和生活无忧的乐。母亲遗传了外婆，有理没理惯个了小。哥哥们早上灌薄粥，母亲会悄悄塞给他四分钱去买只大烧饼；母亲多病又没生女儿，繁杂的家务活从没他的份儿；穿衣新老大旧老二补补衲衲老三，反倒是他的身上衣比哥哥们格正……母亲崇尚读书，对哥哥们向来管教严苛。自从“文革”毁了春哥的大学梦后,母亲彻底灰心了。尤其对德弟这惯宝宝放任了:小学是“文革”中的“红小兵”玩学，初中一片茫然厌学，进入高中干脆混学。怪谁呢？“文革”害的？母亲惯的？少壮不努力的？德弟自己也有口难辩。

出了校门，街上悄然传着知青下放的消息。德弟唯一能消解茫然的，就是与青春期一帮少友一起赶时髦混时光。我特别记得德弟那时的一副扮相：笔挺的灰色的卡其中山装，衬托着那最潮的菊花头，每天气宇轩昂跨出家门去游荡。那菊花头不是理发店理出来的，是他自己对着镜子，用凡士林把头发往上涂抹，头发不规则地一撮一撮地上指，黑溜溜油光光地挺拔着。也许是寓意一种青春向上和时尚美感。德弟面临下乡，母亲在心里疼他，谁也不想惹怒他。唯有一次，德弟正整装待发，母亲淡笑嘲讽一句：“绣花枕头！”春哥跟着愤愤一句：“金漆粪桶！”只见他那布着几粒青春痘的脸上掠过一阵红晕。母亲斜视着他那张脸跟进一句：“金玉其外，一肚子稻草！”母亲的话犹如蚂蜂蜇人，德弟一转身就溜了。

德弟的人生起程有点阴差阳错。1975 年，哥哥们都分配工作了，偏偏是在家十指不沾事的他被下放到果园场当了果农。逆反的心理加上反差的现实让他感慨，说“那样的苦日子，可谓地狱般的历练”。那是一堆青春期的男男女女朝朝夕夕在一起，德弟那憋屈的心里反倒生出一种犟气：粪担子落肩三步曲——红肿、青紫然后长成肩肌，别人只是苦磨一肩，他在众目睽睽之下磨炼双肩可担；果树施肥挖那一庹长二尺深的弧形坑塘，每人每天得挖对角八组，他起个大早半天搞定，像上战场挖战壕那般奋力；盛夏季节穿梭于果树林中喷药治虫，挥汗如雨之中隐忍那“波尔多液”“乐果”气味的刺鼻钻肺……我没想到德弟能吃得下苦来。那时哥哥们都在各自发力，春哥是歌剧团编剧，凯哥的车工技术成果登上《机械工人》杂志，我在厂里当车间主任，对他形成压力包围。他何不想活出个人样来？悄悄地把春哥的文艺刊物带去打发夜里的时光，捡拾优美的词句密密麻麻工工整整抄录于塑料皮的笔记本里。那段时光是德弟人生的最初体验，真实且又朦胧。真实的是青春在燃烧，朦胧的是人生还迷惘。也许，是他众人面前干活利落，人又长得挺拔，闲时还捧捧书本故作斯文，让他在那一拨知青中初露了头角。那个金秋季节，梨子熟了，苹果涨红了脸，德弟谈上了恋爱。那是他人生迷惘之中即时的一份心理慰藉，是他自己的选择，经年累月两人终成了眷属，她成了他酸甜苦辣人生的伴侣。

果园场四年劳苦之后，德弟享受顶替政策子承了父业。父亲厚德载物管了几十年的供销社日杂批发仓库，六十六岁才肯让他退休。那供销社主任让一对父子直接岗位顶替实在高明，父子结为师徒，父亲理所当然掏心掏肺传授，德弟刚刚华丽转身亢奋着如饥似渴。一点不虚夸，个把月的光景，德弟居然就有章有法独当一面顶岗了。其实德弟子承父业挺不易的。父亲乃供销社的老忠诚，那计划经济年代批发仓库担负着东半县几十万人口的生活需求，几乎是他一个人默默扛着。对于德弟这初生牛犊来说有点硬撑，叫得好听是个主任，其实是购销员、会计员、保管员、勤杂工集于一身，那几十间仓库的商品得分类合理码堆保管、精准安全管理；那千百种类的商品，光价格就有进货、调拨、批发、零售四种价格，必须账物款准确对应，元角分精确不误。恰好，那几年因老房子被拆迁，父母亲借住日杂仓库大门堂北侧的两间屋，德弟日常工作的点点滴滴都在父亲的眼皮底下受到监督。父亲亲眼所睹德弟的确是业精于勤、任劳任怨，保持了“四无”仓库传统，连年的先进工作者，让父亲每每在心里有一种青出于蓝的窃喜。

子承父业的成功，让德弟开始了一段青出于蓝而胜于蓝的光鲜人生。二十九岁那年，德弟被推荐参加县社的青年工作队，三个月后出任黄桥商业社经理。商业社管辖石灰行、苗猪行、山竹行、旧衣店、收购站，全是老行当老店铺，老人员都是绝后的行当状元。德弟俯下身子脚踏实地做事，连连出招见效：修缮竹木老店、改造苗猪市场、拓展竹藤加工、旧衣店改头换面卖时尚服装……一个暮气沉沉的商业社焕发了朝气，成为全县典范。两年后德弟走马上任黄桥商场经理，黄桥商场是东半县营业面积最大的商场。德弟春风得意敢作敢为：与上海百货站签下合同大单，以低于市场价收购沪上一家关闭商场，率车队浩浩荡荡吃进全部库存商品大获成功；创办家电、纺织品批发部，举办供货会、展销会，开系统内跨界经营先河。只因德弟业务能力的彰显，他被调任黄桥供销社副主任主抓业务。那正是冰箱、彩电、自行车批条子供应的年代，德弟风光一时。我曾告诫他：做商业工作可不能沾染商人习气。果不其然来事了，答应好的给凯哥的十八寸彩电，他见风使舵转手给了镇上的干部。凯哥怒发冲冠，“要死的，势利的，欺人太甚的奸商……”眼看一场短兵相接，母亲往中间一隔，“乖乖肉不要动手，回去用导弹打”，兄弟俩忍俊不禁方才一笑泯了恩仇。

改革开放势不可当了，德弟亲自带人去南京设办事处，名曰下海弄潮，恰恰成了他人生的转折点。空手套白狼转手倒卖几十辆汽车、几十车化工产品，转中转的开销加层层剥皮，幸好没受骗，只是没赚钱，白忙两年失落而归。时值供销商业日落西山，夫妻双双下岗之际妻子又患上严重的类风湿关节炎，这种内外交困雪上加霜像一双无情的手把德弟推向了人生低谷。

我没想到德弟的人生低谷像山体滑坡那样坍塌下来。我是回黄桥当镇长后从接二连三的那些事警觉到的。先是那天镇教育助理的妻子在政府大院里怒骂丈夫，秘书来告诉我是因德弟向农村合作基金会借贷的三万元请助理担的保，镇上搞大清理扣发了助理的工资。我无奈着向助理夫妇致歉，当即表态：扣发的工资我做哥哥的给。不久镇工会主席来找我批活动经费，事由含糊其辞，言语吞吞吐吐，我觉察必有难言之隐。几经追问，其因是德弟曾借其三千元工会会费久拖不还，想以此移花接木抵账。这简直令人啼笑皆非，随即打电话给凯哥送钱来了结此事。再就是有天夜里，德弟在我宿舍刚认识我那朋友，过两天他就去向人家开口借了两千元。我得知肺都气炸了，当晚把他叫来骂得他狗血喷头。那天他喝了酒的，在地上打着滚痛哭流涕倾倒心里的苦水。

夫妻下岗，德弟选择了开饭店。躲在心里的理由无非三点：既有面子，又顾到嘴，还可以靠住当黑松林厂长的凯哥身边庇荫。玩小聪明让朋友出面租下凯哥家一楼的两间屋开沙龙酒家，两天紧锣密鼓地张罗，置圆桌三张、雇大厨女服勤杂三员便仓促开业。一年下来生意不火不淡略有盈余。饭店次年迁至宾朋浴室对面，依然是租两间屋摆三张圆桌雇三名员工，然从此风波来了。当年妻子是全县女乒季军，也许是患类风湿关节炎又下岗的原因，变得自闭自卑，每每怀疑丈夫与女服有染，从此家无宁日。那一年之中饭店更换六个女服，妻子不仅不得释怀，反倒逆反生出刚烈：借故家中有椽梁受腐漏雨，决意要卖掉三间一厢的居屋，两人口水战旷日持久也罢，妻子甚至枕下备剪刀寻死觅活，一意孤行，仅以两万六千元卖掉居屋。德弟说，妻子这是醉翁之意不在酒，目的是以此阻碍他开饭店。这年德弟已租下老汽车站面朝繁华东进路的门厅，女服找了个中年妇女，愿景着力挽窘境的，却遇上东进东路拆迁改造封路，生意一下子冷淡下来。卖房的消息又不胫而走，惹得菜市场上的供货商们纷至沓来讨账，被迫无奈饭店关门大吉。从此德弟债务缠身，每每走投无路便拆东墙补西墙还账……

德弟在地上打着滚哭诉时，那一把眼泪一把鼻涕的惨状，像是被一只无形的手在撕心裂肺。那一刻，我的心像被一股力量所震撼到，忽然想起母亲对我说的一番话。我肯定母亲那天是对我一个人说的，轻声平和且语重心长地说："旋儿听着，将来，春儿我不愁他，他有支笔，他那支笔妙笔生花，值钱；凯凯，我不愁他，他有双梭扒梭扒的手，穷不到他；你，我也不愁，你忠厚，最终你不吃亏；德德，嗯，他呀，茶壶打掉的落了个嘴。"说到这里母亲神情凝重着话锋一转说："乖乖肉，兄弟间处好点，千朵桃花一树生，都是妈妈肉上生的啊！"母亲还真是个预言家，这番话过去几十年了，偏偏被母亲说住了。母亲的话把我裹进了厚厚的感伤，顿然觉得呼吸有些不畅，止不住的泪泉涌似的。我和德弟都哭成了泪人，各自心里满是五味杂陈。

那天晚上德弟在地上打着滚哭诉时，我见他脚上那皮鞋破旧得变了形便生出联想：足见他的人生路有多艰难?！然，德弟的人生困境才是开始。那年初秋的一个下午，先是凯哥打来电话，电话那头怒气冲冲着："这家伙，他儿子上大学的事我费心费碌，又作人送上五千，他竟然到厂里来耍赖，说'你还在初中设黑松林奖学金呢，侄子上大学差钱，今天我是来化缘的……'"凯哥最后愤愤一句："耍赖的，坚决不给！"那余音还在耳边回荡着，春哥的电话来了，一样的怒气冲冲："这家伙，他儿子上大学还理直气壮向人讨钱，竟然说'长兄为父，长嫂为母'这种耍赖的话……"最后同样一句："耍赖的，坚决不给！"接完电话我回过神来想，德弟耍赖可恶，侄儿何过之有？哥哥他们只是说说气话而已，这弦外之音我懂——好人让我来做。当晚我回城里筹了点钱，次日中午在九崇天酒店代表哥哥们请德弟一家吃了顿送行的饭。德弟与弟媳相对无言，我对侄儿说了些勉励的话。

母亲在我心里的分量太重了，那一番话搅得我心绪不宁，便又犯起愁来：侄儿去扛学业的责任，德弟何以扛得下一个父亲的责任？那年年底我调回城里工作后，决意把德弟弄去一家火锅店打工。火锅店开在地下一层，老板便让他在一楼入口处担当迎宾加保安，迎来送往兼管门前车辆。差事不苦，对心灵是个煎熬。在黄桥人前人后被叫主任的德弟，不得不低下身子赔上笑脸伺候人，待深更半夜火锅店散了市去朋友家投宿，月薪不过六百元，尚不够儿子的生活费。有回我故意着问："承载这心灵煎熬的力量支撑何来？"他说："为吾儿的未来，也为自己不抱憾终生！"我在心里应了句：还像是人话。

我心里明白，德弟的人生陷进了一个深不见底的坑里，儿子是他爬出来的动力和希望。我狠了狠心，托友人带德弟去北京建筑工地打工，找了份工地安全员的差事。他先后蹲过七八个工地，默默地咽下了被命运捉弄的滋味。酒仙桥工地赶上抗非典，他把孩提时跟着春哥填写美术字的记忆翻出来练了整整一宿，次日在检查组到达前把抗非典黑板报赶了出来，项目经理赏了他一小瓶二锅头。尽管只值十块钱，他却懂了什么叫来之不易；东城门中学项目新开工，他带炊事员去打前站，搭人字棚、睡稻草地、吃方便面，留在记忆里，蜷缩着身子熬过北京那个初冬之夜的一宿，比人生中的哪一宿都难忘；临时调去顶岗的那个工地，正值隆冬季节，偏偏是值深夜班，让他领略了裹着军大衣寒风钻心刺骨的那种痛；北京师范大学四幢高层学生公寓工地，那马不停蹄的上上下下来来回回的巡查，每每入夜腿里像灌了铅，他在电话里对我说，以后的路再难也走得动了……德弟在北京满满二十个月，点滴成溪，这是他人生中不可忽视的时光，让我想起一位友人说过的话："若不低头，一道矮门你也过不去。"

儿子最后一学期开学后德弟终于舒了口气，从北京工地上给我发来五个字的短信：大恩不言谢。儿子毕业后考进了电视台。他从京城回来开了家卖酒的店，店号"黑松林酒业"，毋庸讳言——抱凯哥的黑松林著名商标取暖。时而会遇上上门讨陈年老债的事情。譬如，那女的在店堂扑通下跪，说家中有要紧的事急用钱。纠结无奈之下他便老起脸来缠我，抑或请有声望的人出面去跟凯哥说情。凯哥会狠狠地说几句恨铁不成钢的气话，然后拿钱替他还债。儿子在电视台谈上对象了，女方来黄桥访亲对其家境有所耳闻，三个哥哥出面帮他撑起台面，成全其美。

德弟人生的冰凉日子是儿子成家后开始回暖的。常去城里儿子那里小住两日，一反常态地学乖。乖得寡言少语，难得开口便是贴媳妇福字，拍儿子马屁，讨孙女欢喜；乖得手脚勤快，揽起扫扫刷刷洗洗理理的活计，颇有当年管理仓库的那份用心。自诩，在儿子媳妇面前重塑形象。如此表现，得来回馈颇丰：四季一身的行头自挑自选，全是儿媳买单；多年欠缴的养老保险，全是儿媳补缴；买下的公房破漏，换上盖、添家具、买家电全是儿媳掏钱。于是惹得一帮朋友羡慕：皇帝假的福气真的。卖酒的生意虽说清淡，倒是三朋四友常有光顾，请托他当和事佬、做代笔先生，那打架斗殴调停、交通事故私了、民间纷争说和之类事，凭三寸不烂之舌一纸协议作罢、一张契约完事，于是混个有喝有吃，偶尔一天两醉不亦乐乎。最是逢上过年过节，儿子媳妇、亲家公、哥哥们都会给他送上温暖。

前年春节前夕我回故里去看他，那街上人山人海、车水马龙。德弟卖酒的店已从致富路迁到街背后的小巷里，两位友人在座却没有顾客。我眼睛一扫，全是杂牌的酒，货架摆的地上垒的空盒空箱居多。去送温暖的，心里拔凉拔凉着感叹——做生意的一把好手苦于缺少本钱。我贴着他耳根问："外面还欠？"他浅浅一笑，小心翼翼断断续续吐出几个关键的词："基本上……小的零的……你放心！"他说的当儿，我又想起了母亲的话"千朵桃花一树生，都是妈妈肉上生的肉"，于是鼻子一酸，泪水已含在眼里了。

最使我感动的是这两年德弟让我看到他不断在变，最大的变化是开始悄无声息着写点文章。说心里话，起初我有点不以为意。那天，春哥在电话那头大着嗓门惊喜地告诉我：“鹏旋，看10月11日的《泰兴日报》，鹏德的文章成铅字了！”当我看完德弟的处女作《归者春潮》的那一刻，是一种什么样的心情：犹如冰凉冰凉的一颗心骤然回暖，犹如浩浩荡荡的春风刮过大地回春，我眼眶里溢出了泪水，我从泪光里依稀看见，德弟从坎坎坷坷的人生歧路上归来！

2016年10月

（本文作者系中国作家协会会员，本书作者的三哥）

吾弟鹏德

刘鹏凯

春节前，在去北京出差途中，我读完了鹏德的书稿，眼睛一亮，内心为之一振。这本结集，分量沉甸甸的，透着一股子生机和力道，似春风扑面而来。

吾弟鹏德已奔七，他皱纹长在脸上，不长在心上，心如顽童。他的人生路，坎坷、曲折，有过欢乐时光、自豪成绩，也遭遇过沉浮、挫折，甚至打击……正是他的这番甜与苦、困与难，才积淀了今天的写作源泉。这两年，鹏德屏蔽掉外界的喧嚣，静下心来，像敌后武工队秘密行动，把自己关在小屋，千淘万漉，磨砺自己，写作读书爬格子，把自己的所见所闻、所思所想，用文字记载下来，涉笔成趣，探求人生的另类快乐，让生命焕发光彩，蓬勃向上。

人生就像一条曲线，有高峰有低谷，有春风得意，也有落魄时分。鹏德 1974 年高中毕业后，上山下乡，被下放在黄桥果园场。四年的农场生活，他有泪有痛有汗水，后来进了城顶替父亲，子承父业。从农村到城市，他像换了个人，除了努力还是努力，除了学习还是学习。他珍惜，父子结为师徒，在父亲手把手的传授下，工作几个月就独当一面。那时，他集购销员、会计员、保管员、勤杂员于一身，精准安全管理，保持了父亲“四无”仓库的好传统，得到了领导的好评。后来，他不断求上进，参加过县里的青年工作队，当上了黄桥供销社的副主任、黄桥商业社的经理。在计划经济时代，年轻的他左右逢源，一时风光无限。

后来，鹏德下海弄潮，带队到南京设立办事处，结果呛了水。只因他年轻，心热，头也热，撞了南墙不肯及时回头，最后亏欠了一屁股债，尝尽了世间冷暖。退休以前，他反思自我，面对现实，发挥自己的长处，开了一家小型零售商店。后来儿子大学毕业进了电视台，才渐渐熬过那段沧桑岁月，经济慢慢好转，日子终于有了回暖。

世间能够留存下来的多是精神。提及鹏德出书写文章，记得有一次兄弟俩喝酒侃大山，左一杯，右一杯，酒到微醺。鹏德酒多话多，不停地说起写文章的那些事，并与几个哥哥横向比较，边羡慕边叹息：“凯哥，我也是六十多岁的人了，真是惭愧。你们年龄都比我大，还都在努力。”他鼻子酸酸的，泪水已含在眼里了：“春哥至今笔耕不辍，一台接一台的晚会撰稿策划，一个接一个的作品获得大奖。鹏旋这几年自出了《家住黄桥》后，一口气连续又出了《众生的黄桥》等三本著作，你也出了好几本书，还能走上清华讲台……我，却一无所有……”说着说着，鹏德哽咽着放下酒杯，失意写在脸上，滚烫的泪珠顺着脸颊滑落下来。我顺手将他的酒杯斟满，安慰道：“鹏德，男儿有泪不轻弹，都这么大的年纪了，还这么动情。佛争香人争气，你人聪明，又有写作基础，哥哥们能做到，你也可以！来，干一杯！”咣当一声，不知是他激动，还是我使劲过猛，酒杯被撞出了一道豁口。“不破不立，不破不立……”

父亲母亲生了我们兄弟四人，唯有我和鹏德安家在黄桥，成了刘家驻扎的留守部队。鹏德在某文中写道：“这么多年，二犟头的凯哥，默默地善待我这个母亲娇惯过的了个儿，待我母爱那样的一往情深。他心之所达，总是带着雪中送炭的温情，带着慷慨解囊的厚重，用悄无声息的太极推手，化解我一个又一个艰难。我明白，没有凯哥的助力，我人生哪会有走出山重水复的一天。”

这段话看得我眼湿湿的。用母亲的话说：千朵桃花一树生。在我心中，做哥哥的，这些都是应该的，不足挂齿。其实，我对鹏德也有诸多感激之情。

由于工作原因，我成天泡在企业，泡在市场，成天外出。刘家的许多事都落在鹏德身上，亲朋好友有什么红白大事，也是他传信带话，既是信使，又做大使。2017年清明，兄弟几个给父母扫墓，三弟鹏旋看到父母的墓碑已模糊不清，生长着青苔，现场执言：“明年清明节前一定要将父母的墓地墓碑修整好，鹏德付诸实施。”这个鹏德啊，可真负责。每天早晨六时前就赶到工地，从组织材料开始，到运送、施工，他亲力亲为。浇碑基的那天，因为准备材料耽误了时间，完工时天已黑得伸手不见五指，事后我问鹏德害怕不害怕，他却乐呵呵说，百善孝为先。

多年前，我从鹏德的一位发小那里，听到了许多我未知的事。鹏德去外地打工前，发小建议他暂时先到我的工厂避一下风头，鹏德一口挡住，说：“如今干企业不容易，我不能火烧眉毛只顾眼前，而给凯哥添乱、添烦。我到外地打工，就是为了不给家里人再添乱……”听着这些话，我内心五味杂陈，鹏德的善良，是家风，更是兄弟之间的真情啊！

那时，在朋友帮助下，鹏德孤身一人来到北京某建筑工地，找了一份工地安全员的差事。他餐风露宿，隐忍心中的痛，不露真实的底牌，默默咽下被命运捉弄的滋味。他先后蹲过七八个工地，为了做好这个安全员，不知吃了多少苦。最令他难忘的是那年冬天，东城门中学项目开工前夕，他带着炊事员等几人打前站，搭人字棚，睡稻草地，吃方便面。那时打前站的简易工棚，空徒四壁，水、电、暖气一无所有。一天值夜班，作为南方人，他是蜷缩着身子熬过了寒冷的那一夜。鹏德说自己对寒冷的认识就是从那一夜开始的。我脑海仿佛浮现出鹏德一个人孤独地站在窗前，点燃着一支烟，怔怔望着窗外，猛猛地吸着，期待那猩红的火光能给他带来温暖，驱逐黑夜……

如今，鹏德似一只老鹰，选择了重生，与自己的过去诀别。他静下心来将自己的经历化作写作的源泉，用行动激发自己的心力，调整自己的生活、心绪、方向，重塑自己。我看到了一个蜕变的鹏德，这本书稿就是最好的证明。一个人不管干什么，只要热爱、渴望，坚定地走下去，总有阳光照亮前行的路。

2024 年 3 月

（本文作者系中国作家协会会员、中化作协执行主席兼秘书长，本书作者的二哥）

奔赴快乐

刘鹏旋

鹏德弟总是让我为他感慨落泪。

五年前的春节前夕我回黄桥看他，他那卖酒的店已从致富路迁到街背后的小巷里，两位友人在座却没有顾客。我眼睛一扫，全是杂牌的酒，货架上摆的地上垒的空盒空箱居多。我心里拔凉拔凉着感叹——做生意的一把好手苦于缺少本钱。我贴在他的耳边细声问："外边还欠？"他浅浅一笑，小心翼翼断断续续吐出几个关键的词："基本上……小的零的……你放心！"他说的当儿，我顿时想起母亲"千朵桃花一树生"的嘱咐，于是鼻子一酸，眼泪已含在眼里了。

三年前我写关于他人生的文章《归来》时，曾几度在心里翻江倒海：他下海弄潮，从南京失落而归，跌入人生低谷；他开小饭店，没想到人生像山体滑坡负债累累；他为了生计，扛起父亲的责任去北京建筑工地打工，那满满二十个月吃苦受累让我想起友人说的话：若不低头，一道矮门也过不去……那些年他受凌辱、吃苦头，落在我笔下催化成我阵阵的心酸、滚滚的泪水。

两年前，我写母亲的书《您好，何玉英》时，让春哥、凯哥、德弟和两个侄女每人写一篇文章，德弟写的《母爱深处皆文章》在《泰州晚报》的《坡子街》发表后，晚报总编翟明先生在多个场合总是说“刘氏四兄弟同写母亲”引起很多关注。我不知道别人看德弟的这篇文章是怎样的感受，唯我数度审视数度落泪：他两岁多时，父亲欲将他过继给友人，母亲与父亲大闹一场，母亲嚷着“我身上掉下来的肉是刘家的后，哪怕去讨饭也要把他们养大成人……”；他“感恩三个哥哥，给予我精神和物质的有力支撑，帮助我走出了人生的低谷”；他说“母亲的爱是独有的心智、特有的语言、不凡的手笔，母爱深处皆文章”。然而，又让我欣喜而落泪的是，这篇文章让我对他的看法有了颠覆性的改变：从小到大事事得宠，不甚懂事，很少感恩的他，对家、对母亲、对往事竟然有那么深刻的记忆与感悟，他这个从小被惯大的老末真的从人格、人性的意义上长大了！

龙年的春节前夕，我参加凯哥黑松林厂里的一个聚会后，去德弟家午休。德弟郑重其事着对我说：“后年我七十岁，我想把这几年的文章归归拢出本书，作为给自己的生日礼物……”我没有想到，德弟会给我这么大的惊喜，一不经意间泪水就涌到眼眶里了。也许，别人不会理解，德弟一个念想与目标会如此触动我？一个走过坎坎坷坷人生的人，还能立志于古稀之年大器晚成，这需要多大的勇气与胆识？我忽然一想：噢，对了，德弟是有“预谋”的！

其一，这些年他在悄悄地下功夫，寻寻觅觅找素材，写些身边的小人物。尤其近两年，我集中精力写黄桥的人，为完成《黄桥镇民》这本书的写作已寻访了三十多人，每次我都让德弟陪同采访。有好几位，我让德弟代我先行采访，采访前我与德弟先议论一番采访的方向与重点，形成文字记录，而后让他随我作进一步采访。我很注重抠细节，多问几个为什么，近乎打破砂锅问到底的那种，往往素材的出彩之处会在这过程中出现。我与德弟在这个过程中相互切磋、升华认识，我明显感觉到德弟在这个过程中热切地开动脑筋，格外地专注投入。有几次他发给我三两篇文章让我提意见，我阅后会与他讨论一番，说出我的看法建议。去年下半年，我接到春哥的电话，说德弟发了几篇文章给他请他指正。春哥这次有点一反常态，因为以往类似这般，春哥几乎是不屑一顾，甚至不予作答，这次感慨着说："德弟写得很有长进，我有几点看法你转达一下。"春哥是怕说得直白甚至严苛怕德弟理解不透。我当即直言："你大哥直接说他会理解着接受，重要的是你大哥回应他他会感动。"果不其然，德弟接过春哥的电话兴奋着向我报喜似的说了经过与感受。

其二，这些年他经济上回暖了，他想省下一点钱办成一件让自己抬头直腰、让别人刮目相看、对人生颇有意义的事。首先是自己不懈努力，两年前他卖酒的小店又办了个烟草专卖证，在养老保险的基础上多了份小小的锦上添花，小日子过得越发舒心了。这一点德弟体验得犹为刻骨铭心，那种债务缠身看人脸色、低三下四的卑微与纠结的心理况味，简直是一部《辞海》也找不到恰如其分的词语表达，一次次让他无地自容……其次是离不开儿子媳妇的孝敬关爱。尤其是儿媳妇，他四季身上衣的更替与添置、逢年过节温馨关照的大事与点滴，让他感受到暖意浓浓，与他自身在儿子媳妇面前愈来愈自爱自重形成了一种相得益彰的和谐。当然，与三个哥哥对他的情理之中的关心与提携也分不开。我们奉献于德弟亦有回报，他的文章结集出书，对父母而言是光耀门庭，对哥哥们而言是比金钱值钱的一份厚礼。

其三，这些年他真的一步一步静下心来、埋下头来写了点东西，尽管还不十分成熟；他真的一步一步苦思冥想、积小胜为大胜，尽管还不那么耀眼。但是有一点可以肯定：他找到了快乐。简单地说，写作是辛苦着并快乐着的事儿。这是我的体味，德弟尤其是这样。记得七年前，春哥在电话那头大着嗓门惊喜着告诉我："鹏旋，看10月11日的《泰兴日报》，鹏德的《归者春潮》成铅字了！"其实，这篇文章我早就看过了，德弟几易其稿，每一稿我都看过。德弟告诉我："这一稿又一稿的修改过程，对我来说是快乐的过程，因为每次那一点一点斟字酌句的不同与别样在心里都会酿出快乐。"我接话说："这样的感觉就对了，一篇文章从产生念想到采集素材，从构思写作到几易其稿，从手写文稿到变成铅字，你的每一步都在快乐着，是辛苦着也快乐着，记住：快乐养人！"不经意间，德弟的文章不仅在《泰州晚报》《稻河》杂志露过面，陆陆续续在《泰兴日报》发过两篇，在《黄桥历史文化研究》发过三篇，在《黑松林文苑》发过五篇，在《黄钟》杂志发过十四篇，几乎全是写人物的散文。我为德弟高兴之余，却不知道这些年他积攒了多少快乐！

这些年让我看到的是，德弟几乎是以一种踌躇满志的姿态进行着一场别开生面的人生奔赴。这无疑是一种快乐的奔赴，奔赴的目标是快乐，目的地依然是快乐。这世上哪里有这样美妙的奔赴——从快乐奔赴快乐！

2024年6月

何谓正确

刘　泱

在黄桥家中，有一只白色瓷杯，是爸爸十几年前参加稻盛和夫“盛和塾”学习的纪念品。杯子上用金色线条描绘出稻盛和夫先生的肖像以及他的名言：“作为人，何谓正确。”我常用这只杯子喝水，也时时思考这句话的深意。

得知鹏德叔叔在筹备出书，我丝毫不觉得惊讶。因为早已在心底默认，写作是刘家人的生活方式，是一种“正确”。没有什么能阻止想要写作的人，如果生命充满喜乐，喜乐可以滋养写作；如果生命充满悲伤，悲伤可以滋养写作。困顿的力量、环境的力量、生活拉扯的力量越大，越可以造就心智、心灵、精神和物质的突破。父辈刘家兄弟几人，鹏春大伯是才华横溢的剧作家，早早成名，在他的感召之下，旋叔和爸爸这些年紧随其后，笔耕不辍，结出硕果累累。鹏德叔叔也不例外，早在1983年初冬，他就参加过县文艺创作学习班，想要出书，是水到渠成。

我向旋叔要了书稿，先睹为快。书名定为《归来》，大多是写人，记录他们的人生境遇。比如在父亲眼中朽木不可雕也、母亲说他永远长不大的驾校老板春潮（《归者春潮》）；口口声声自嘲“没文化”，其实是“用行为语言畅谈夕阳恋情，高谈完美人生，阔论完美爱情”的退休干部黄树林（《老友树林》）；从艺几十载，诚心习艺，从容淡定的美术老师肖剑中（《印象剑中》）；六十六岁交班给儿子，放下诺言“从今后不进公司半步！”的厂长何文林（《何乐而不为》）；在人生低迷时，给予暖心陪伴和安抚的大哥茂国（《茂国哥》）；半个世纪潜心修表，修来口碑人生的手艺人王扣群（《修表王》）；宁可自己“骨头磨成粉”，也要将五个儿女养成人的卖浆糟小贩王扣宏（《南坝桥外那人》）……当然，这些文章中还有鹏德叔叔最深沉的情意结，那是他对儿子刘江的深情告白：“当儿子蝶变为阳光汉子时，我笑意写在脸上，以儿子为自豪。当儿子成家立业后，在我心目中，儿子就是我想要的样子。”读这些文字，感受百人百态，字里行间有唏嘘也有欢笑，掩卷后不禁自问：作为人，何谓正确？

在这本书里，散落着不少对于我爷爷的记述。印象中的爷爷，白净、斯文，寡言少语。和奶奶的浓墨重彩不同，爷爷人淡如菊，我以前甚至不知道他具体的职业和志趣。后来读旋叔的著作《您好，何玉英》以及鹏德叔叔的这些文章，才渐渐拼凑出爷爷血肉鲜活的形象。

爷爷是外乡人，十四岁从宜兴来到黄桥学生意。他文质彬彬，能说普通话、苏南话和黄桥话，精珠算，会书法，懂行识货，心灵手巧。年轻时的他踌躇满志，新婚后在罗家巷开了一间名为“发达瓷号”的夫妻店，不料遇上时局动荡，加之经营不善，未满周年便狼狈执笠。后来，他经熟人介绍去黄桥供销社工作，担任鹰扬巷日杂仓库的保管员，一做几十年，成为省市供销系统的先进典型。爷爷性格安静内敛，不善社交，但他和镇上的名中医周伯歧老先生、金石爱好者严永健先生等雅士都是知己好友。

爷爷的人生充满着“离散”二字，很多是不得已而为之。为了谋生，他十四岁就要背井离乡，十七岁的时候，父母双亲已都不在人世。唯一的弟弟晓林，因种种原因与他聚少离多，天各一方。初婚后几年，结发妻子又不幸病逝。直到1947年底与奶奶结为连理，才有了四十多年相濡以沫的时光。1990年清明前夕，奶奶因胃癌晚期撒手人寰，爷爷的世界也随之崩塌，每天都在思念中度过。我记得次次去探望，爷爷都在用锡箔折“元宝”，预备烧给阴阳相隔的奶奶。没过多久，爷爷起夜时似乎听到奶奶在说话，恍惚之间摔裂了股骨头，几个月后就随奶奶去了。

爷爷葬礼的那天清晨，二爷爷晓林说想带我和皓弟、江弟到附近的街上走走。二爷爷是个苦命人，生前独居在宜兴老家，终身未娶，无儿也无女。我们走在马路上，天微微透亮，灰蒙蒙的，也没什么行人，寂静晨光中，二爷爷红着眼幽幽地哼唱：“鞋儿破，帽儿破，身上的袈裟破，你笑我，他笑我，一把扇儿破……”

年少不知曲中意，现在回想起那个场景，一位老人，去送别他在世间唯一的亲人，歌声是那样的悲伤、孤独、自嘲、无奈、迷茫……真是令人百感交集。谁不想家人闲坐，灯火可亲，日日小暖，享受花好月圆的时光？然而，命运的洪流就是这样令人捉摸不透。人们重视现实的期望和清晰的成功，拼尽全力去做自己认为正确的选择，可世事偏偏既模糊又不确定。你说，不愿拖累家人，独自远离，自我放逐是不是“正确”？舍弃宝贵健康，拼命去为子女创造好的物质条件是不是“正确”？为了诺言，放弃自己的利益甚至生命是不是“正确”？追求真理，造福人类，却无力顾及自己的家人，是不是“正确”？人生不可逆行，更不能证伪，何谓正确，如何正确，更多是一个接一个的追问。

我有一些理性的朋友，拥有聪明的大脑和严谨的逻辑，这些异于常人的质素令他们在商业社会获益丰厚。他们坚信，人生很多问题可以从进化论、热力学、信息论和复杂性理论中找到解释，进行预测。我承认这样的思维的确引人入胜，却无法接受可以被精确计算的“人生模型”。

在解释实际生活中人的角色和行为时，理性的光环常常是苍白无力的。如同父辈们笔下记录的那些人和事，人性之所以熠熠生辉，不是他们从不出错，而是无论面对顺流或逆流，总能坚韧不拔，坚守愿景和使命，因为他们知道自己是谁。

前几天，陪爸爸去成都和武汉出差，难得有父子二人时光。聊起他们兄弟几个出书，爸爸说，鹏春大伯才情过人，文采飞扬，从小就受到他们弟兄几个仰望、佩服；旋叔是有心有爱的人，细腻温和，很多早年的生活细节，只有他能如数家珍；鹏德叔叔也快七十岁了，如今选择躬身写书，精神实属可嘉。至于他自己，就是个"梦人"，就连亲身经历过的事情，有的还是云里雾里，懵懵懂懂。他也因此不敢太过自信，便寄希望于勤能补拙，一世只知道扑心扑力，向前看，埋头干。我们聊得哈哈大笑，互相打趣，说："这样也不错啊，都蛮好的。"

"作为人，何谓正确"，提出这个问句的稻盛和夫先生认为，拥有纯粹之心，我们就会走上一条正确的人生道路。阅读家人写作的文字是一种探索，仿佛是在注视水晶，无论看向哪一个切面，都可以透视到其他。这种探索关乎深层的自我，是生命的折叠与展开。我感恩自己出生在这样的家族，爸爸和他的兄弟，我的父辈们，七十岁人的写作，已然无关乎功名利禄，正是一种纯粹。他们的文字散发出人性之暖和精神之光，为刘家儿女做出榜样。或许在未来某一天，我们已无可得，也无可失，也终可以怀一颗赤子之心，晶莹剔透，去书写人生的文章。

2024 年 5 月

（本文作者系管理学博士，本书作者的侄子）

父亲和背影

刘　江

听闻年近七旬的父亲想要写书，以回顾平凡而又曲折的一生，我突然间脑海中涌现出某个背影。

是的，对于父爱的认知，我始终停留在朱自清先生的那篇《背影》里。佝偻着身子，却又总是刻意挺起胸膛，以支撑起孩子眼中的坚强，那也是我的父亲。

父亲的一生大多时刻是灰暗的，从年少有为，到负债累累，最终泯然于熙熙攘攘皆为利往的尘世中。

我上小学的时候，父亲是供销社最年轻的副主任，在计划经济的年代里，我曾在父亲的光环下，短暂体验过高光的人生。吃着巧克力，喝着冰雪碧，八十年代的我，在校园里总能引来羡慕嫉妒恨的目光。可伴随着父亲下海经商，家境也迅速败落。而我对父亲的怨恨，也从此开始。

登门的债主，拮据的生活，熟人的白眼，似乎是我当时全部的记忆。曾经风光无限的父亲，卖掉了仅有的房子，全家人蜗居在城乡接合部的出租房里。那时候的我，每天都会在刺鼻的臭味中，被挑粪下地的农民吵醒；也曾经在半夜回家的时候，被屋檐上掉下的蛇吓得魂飞魄散以致几晚不敢入睡。我，还有母亲，把父亲当成了最大的罪人。

那时候的父亲，每天承受着我和母亲的恶语相加，却总是微笑着一言不发。时至今日，父亲的卑微和忍让，我依然清晰记得每个细节。

他常常一个人站在偏僻的田埂上，抽着最廉价的香烟，眺望远方，目光含泪。寒风中，他的背影像极了落败的英雄，虽心有不甘，却只能向命运低头。即便在父亲最落魄的时候，他也总会将身上最后的几张票子递给我。

在家庭最为困难的时候，父亲一人去北京打工。每个月的生活费，他都是准点汇给我。大二放寒假回来，我依然带着灰色的心情，直奔“惨不忍睹”的出租屋。哪知，父亲从此走出了出租屋，他让我眼前一亮，给了我一份大大的惊喜:他用打工的汗水钱，买了属于自己的房子。那天“回家”我找不着北，是苏哥领着我，从城乡接合部，走到了老街深处。一路上，苏哥大夸“鹏德姑父还是有本事的，两年打工，悄无声息，说买房就买房”。那一刻，我终于找到家的感觉，我又回到了久违的单门独院。也因此，我终于改变了对父亲的怨恨。

上大三的一个秋日，我接到苏哥的电话，那头他大声告诉我 :“你老爸今天开了一家黑松林酒业商行，我说的没有错，他是有本事的人，你以后可别小看他。”我真没有想到，老爸来了一个漂亮的大转身。

人生舞台上，他以极大的勇气作秀，秀一把作家的角色。这么多年，他默默地向三个作家哥哥学习，用励志行为，向他们致敬。

老爸，你真棒，给你一个超赞!

2024 年 6 月

（本文作者系泰兴市电视台新闻部副主任，本书作者的儿子）

后 记

明年桂月，将至古稀之年。把这些年长长短短的文字结集成书，作为给自己七十寿诞的礼物，既是自悟自省，也是自娱自乐。

回首走过的路，内心百味杂陈。拙笔闲文，比之三位哥哥大作鸿篇，相形见绌。三位哥哥是我心目中的标杆楷模：春哥是国家一级编剧，凯哥和旋哥都是中国作家协会会员。

古稀将至，光阴无多，当有紧迫感，惜时奋发。诚如旋哥所言，把写作视为人生的快乐奔赴。奔赴快乐，书写人生，让我充实，令我振奋。

《归来》面世，感慨良多：

感恩三位哥哥的引领、指教和帮助；

感谢两任泰兴市作家协会主席周新天、何雨生为拙作润色打磨；

感怀自己经得起磨难，耐得住寂寞，笑对晚霞，不负年华。

谨以此书，告慰父母在天之灵。曾经的“游子”，踏霜迎旭，励志归来。

2024年5月28日于黄桥寒舍